TAKE
SHOBO

JN098562

清楚系悪役令嬢は断罪されてもただでは起きない

元婚約者の兄に溺愛されてます

水嶋 凜

Illustration
ことね壱花

蜜猫
Novels

contents

イラスト／ことね壱花

清楚系悪役令嬢は断罪されてもただでは起きない

元婚約者の兄に溺愛されてます

プロローグ　悪役令嬢は断罪される

「エリーゼ・アーベントロート、君との婚約は破棄させてもらう！」

学院の卒業式を終えたばかりのパーティの場でのことだ。

王太子アルトゥールの清廉な声が構内に響きわたった。言い渡された当の令嬢、エリーゼは蒼《そう》白《はく》な顔をして震えている。

「アルトゥール殿下、いや……どうして。どうしてそんなことを仰《おつしや》るの……」

青みがかった銀髪、潤んだような紫の目、華奢《きやしや》な体躯《たいく》の彼女が両手を組み合わせてそう言う様子は、まるで妖精の姫君のようだった。

いつもならどんなに怒っていようとも、それに怯《ひる》んで態度を和らげる王太子だったが、今日の彼は断固とした態度を変えなかった。

明るい金髪に映える碧《あお》の目が、断罪するようにエリーゼを見据える。

「もうそんな芝居をしてもムダだ。君の手口はよくわかっている」

きっぱりと言い渡すと、横を向いて従者に合図をする。心得たように彼の傍を離れた従者は、間もなく一人の令嬢を連れてきた。

傍らの侍女に支えられている彼女は、どうやら足を負傷しているようだった。

エリーゼの顔がわずかに強張《こわば》った。

「レオナ……」

すらりとした長身に茶褐色の髪。涼しげな目元のその少女は、澄んだ翠《みどり》の瞳をまっすぐにエリーゼに向けた。

「エリーゼ。あんたがそんな人だったなんて信じたくなかった。今でも悪い夢を見てるみたいだけど……」

悲しげに、悔しげに眉を顰《しか》める。

「突き落とされたときに見たのは、あきらかにあんたの顔だった！」

「誤解よ！　お黙りなさい！　あなたは間違っている」

エリーゼはレオナを睨《にら》みつけ激しい語調で言うと、アルトゥールを振り返って、また切なげに訴えた。

「殿下、騙《だま》されないでください。レオナさんはなにか誤解を……」

アルトゥールは悲しげにかぶりを振った。

「だからムダだ。レオナだけじゃない。多くの生徒が君の悪行について証言している。これまで君の報復を恐れて本当のことが言えなかった者達も……皆。手足のように使っていた者達に離反されて焦ったのか、とうとう自分で手を出したのが仇《あだ》になったな」

王子の目が怒りに燃えた。

「美しくはかなげな振りを装って、時に人をそそのかし、時に無罪の者に罪をなすりつける。自分では極力手を下さず、何かあれば他人のせいにして、さらに追及されればそんなつもりはなかったと泣いてみせる。私は君のような人間が一番嫌いだ。不愉快極《きわ》まる！」

「そん……な……」

エリーゼは蒼白になって、ぽろぽろと涙をこぼした。

「そんな……ひどい。嘘《うそ》です。誤解よ……私は……」

アルトゥールは動じなかった。

「ムダだと言っているだろう。衛兵！　エリーゼ嬢にご退席願え。レオナを傷付けた罪の処遇がはっきりするまで謹慎してもらう」

「はっ！」

隅の方に控えていた護衛の騎士が二人、エリーゼの肩に手をかける。エリーゼはきっと眉を吊《つ》り上《あ》げて、その手を振り払った。

「控えなさい！　わざわざ拘束しなくても、自分で歩きます！」

玲瓏《れいろう》たる澄んだ声音に、騎士たちがわずかに怯む。

エリーゼは、激しい光を宿した瞳で王子を見据えた。

「下賤《げせん》の者に心を移し、王家と我が父の間で決められた許嫁《いいなずけ》である私を捨てられるのですね。国王陛下はなんと仰いますやら。後悔なされませ」

「父王には、君の所行をすべて報告の上、了承済だ」

「っ……！」

エリーゼは、悔しげに唇を噛《か》んだ。そのまま首を巡らして、レオナを睨《にら》み付《つ》ける。

初めてその美貌が、憎々しげに歪《ゆが》んだ。

「レオナ、やっぱりおまえが元凶ね！　もっと最初のうちに潰しておけばよかった！　下位貴族の娘のくせに王太子様をたぶらかすなんて！　覚えてらっしゃい！」

――ああ、やっぱり噂《うわさ》は本当だったんだ、見てあの恐ろしい目つき……。

――虫も殺さぬような顔をして……女は怖いって本当だな……。

周囲の冷たい視線と、蔑むようなささやき声の中、エリーゼは昂然《こうぜん》と頭を上げ、くるりと踵《きびす》を返して講堂を去っていった。

第一章　婚約破棄と没落の予兆……からの大逆転!?

「お父様……今、なんて仰いました？」

卒業式の翌日、難しい顔をしたお父様に呼び付けられた彼の部屋で、わたしは耳を疑った。

わたし……エリーゼ・アーベントロート。

この世界での役割は悪役令嬢……それも、特に嫌われがちな汚れ役っぽい立ち位置のそれである。

前世、令和な日本でOLをやっていたわたしは、この世界によく似たゲームをやっていた。

『黄昏《たそがれ》のプリンセスロード』という、いわゆる乙女ゲームだ。

主役であるちょっとお転婆《てんば》な子爵令嬢レオナが、王侯貴族の通う学院で数々のハイスペックイケメンと交流して愛を育み、お相手の王子や大貴族などにふさわしいレディとなって結婚までたどりつくのを楽しむ、王道的なもの。

王族や貴族は魔法を使えたり、力を貸してくれる魔法生物がいたりと、ファンタジックな要素に加え、王位を巡る陰謀とか隣国との緊張関係とかの話も起こるけど基本は恋愛メイン。

そしてあらゆるルートで出てきてはレオナの邪魔をする、ライバルキャラがエリーゼだった。

憎まれ役ではあるが、よくある感じの高慢で気が強く、あからさまに主役を蔑んで虐《いじ》めたり仲間外れにしたりするタイプではない。

ユーザーによって付けられた呼び名は――清楚《せいそ》系悪役令嬢。

元婚約者のアルトゥール様が的確に評していた。

一見、天使のように美しくはかなげな容姿を十二分に利用して、時に人をそそのかし、時に無罪の者に罪をなすりつけ、最後の最後まで自分の手は汚さない。

要するに腹黒で陰険な人物だ。

レオナにだって最初は親切めかして近付いて、陰であれこれ工作する。

我ながらなかなか強烈なキャラではある。

実情はどうあれ、表向きはそういうことになっていて、昨日、わたしは見事にその役割を完遂した……はずだった。

だけど……どういうこと？

エリーゼは卒業式で婚約破棄され、皆の前で痛罵《つうば》されて恥をかかされるけれど、その後、投獄されるとか処刑されるとかの破滅なエンドはなかったはず。

正直、昨日のわたしの態度はそれを見越してのことだったのに。

動揺しているわたしをじろりと見て、シュヴァーゼル公爵であるお父様は重々しく言う。

「何度も言わせるな……王家より領地を五分の一、削減するとのお達しだ。それも一番、土壌の豊かなユーガスト地方を」

「ええっ？　そんなことされたら五分の一どころか、収入の四分の一が飛んでいくじゃないですか。各地の館の維持費すら怪しくなる……いえ、それよりそもそもなんでそんなことに！」

わたしは珍しく、本当に珍しくあせっていた。

家族の前では天使のような聖女ぶりっこも悪役令嬢もしていないのであくまで素である。両親には美しく優秀な愛娘《まなむすめ》として可愛《かわい》がってもらっているが、天使とまでは思われてないし、ちょっと風変わりな性格で、勝手気ままに生きている、くらいには評されている。

お父様は苦々し気に言った。

「何を白々しい……お前のせいだろう」

「えっ？」

「美しい顔をしているが内面は真っ黒だの、天使の顔をした悪魔だのいろいろ言われたあげく、王太子が気に入っている娘を突き飛ばしてケガをさせたとして婚約破棄されただろう。そのせいだ！　王家はおまえに咎《とが》があることにしたいのだ」

「あっ……！」

わたしは思わず手を口で押さえた。

なんてことだろう。

わたしともあろうものが……それを失念していた。

自分でもあのくらい派手な騒ぎにしないと王太子と公爵令嬢の婚約破棄は無理よね……と思っていたのに。

そうなのだ。

わたしとアルトゥール様の婚約は、本来なら王子様が……とか、悪役令嬢が……などという呑気な問題ではない。

王家と有力貴族の間の取引めいた契約だ。

それを破棄するとなったら相応の理由が必要。それも個人の好悪などではない重大な理由が。

そしていざその段になれば、どちらも自分の側に責任を負いたくない。

だから婚約破棄、ということになる場合、相手にこれこれこういう落ち度があったからだ、と言い立てるのが常だった。

そして一旦、結んだ婚約を破棄するほどの落ち度があったとされたからには、その家だって責を問われる。

そうでなければ、そもそもその落ち度がたいしたことがない、と見なされてしまうから。

貴族社会でそれは当たり前のこと。

いつもなら、自分が悪役令嬢扱いされるような評判を放置するにしても、そのへんのことを考えてバランスを取っていたはずなのに。

あと一押しで婚約破棄！　ってことばかりに目がいってしまってそれを疎《おろそ》かにしていた。

あくまでここは現実で、以前プレイしていたゲーム世界とよく似ているけどそのものじゃない。

わかっていたつもりでいて、やっぱりゲームの知識に引きずられていたらしい。

悪役令嬢はラストで恥をかかされ婚約破棄されるけれど、それ以上のことはないって……。

でも、今回、わたしに着せられた濡《ぬ》れ衣《ぎぬ》は、同級生の令嬢を階段から突き落として怪我《けが》をさせた……悪くすると殺していたかもしれないという容疑。

婚約破棄には十分……というか、実家全体にお咎めがあってもおかしくない。

むしろわたしがどこかに軟禁とか、修道院送りにならないのが不思議なくらいよ。

そこはまあ、証拠不十分とか、これ以上、公爵家ともめたくない、とかあったのだとは思うけど。

お父様はわたしを睨みつつも溜息《ためいき》を吐いた。

もの凄《すご》い怒りと悲しみに襲われているだろうに、取り乱したり、大きな声を出したりしないのはさすが名家の長である。

「陰湿なイジメだの、階段から突き飛ばすだの……おまえがそんな愚かな娘だとは思っていない。恐らく誰かに嵌《は》められたのだ。だが、もっと身の処し方はうまくできたのではないか？ もっと味方を増やすなり、悪く言うものを見つけて圧力をかけるなり……そういうのも貴族の嗜《たしな》みの一つだと、ずっと教えてきただろう」

「……面目しだいもございません」

言われるとおりだったので、わたしは素直に頭を下げた。

正確に言うと身の処し方が下手だったわけではなく、むしろ悪い噂を推奨して煽《あお》ったり、ひどいときは自分で捏造《ねつぞう》したりしていたわけなんだけど……なお悪いわね。

わたし自身の評判が落ちるのは覚悟の上。でも、家族に迷惑をかけるつもりなんか、絶対になかったのに……。

お父様と同じく、外見上は平静を装っているけど、胸の内は嵐が吹きまくっていた。

むしろ自己嫌悪で蹲《うずく》ってしまいたいくらいだったけど、そこはなけなしのプライドで耐える。

ここでごめんなさい、わたしがバカでしたと泣き喚《なわめ》いたところで自分がスッキリするだけ。

それよりもなんとかして打開策を考えるべきよ。

お父様は難しい顔のまま、行儀悪くデスクに肘をつき、組んだ手に顎を乗せた。

「このままだと、この秋のクララのデビューももうちょっと考えないといかんな。すでに遅いくらいだが、落ちぶれた家の令嬢だと思われるよりは……それに使用人の数も削減しなくては」

「えっ、それはちょっと待ってください！」

わたしは真っ青になった。

今年で十四歳になるクララ――デビューを心待ちにしていた可愛い妹の顔が目に浮かぶ。

それに急に使用人を減らすなんて……。

お父様は眉を吊り上げた。

「そんなことは序の口だ。おまえもさっき、収入が四分の一減ると言ったばかりではないか。アーベントロートの体面を保つには、もっともっといろんなものを犠牲にしなければならん。今までのような暮らしができると思うな」

「理解しておりますわ！　ただすぐにいろいろなことを変えるのは早計だと言っております。わたしのそれはほとんど濡れ衣なのですから、王家に掛け合って、処分の取り消しを……」

冗談じゃない。自分に非があることとはいえ、このまま泣き寝入りなんてするものか。

わたしが負けじと拳をぐっと握って、お父様に詰め寄ったときだ。

「それは少し話がややこしくなるから待ってもらいたい」

柔らかだが妙に威圧的な声がその場に響いた。

「っ！」

愕然《がくぜん》としてお父様とわたしは、声のした方を振り返る。

王家の不興を買い、このままでは没落まっしぐらとはいえ、アーベントロートは国内有数の大貴族だ。

その当主の部屋に案内もなく踏み込んでくるなんて……何者なの？

場違いにも、真紅の薔薇《ばら》の大きな花束を持って立っているその人は、悪びれもせず、優雅に微笑《ほほえ》んだ。

豪奢《ごうしゃ》な金褐色の髪に、青灰色の目が王者の威厳をもって細められる。

「火急の用だと言ったのだが、話し合いが終わるまでと案内してもらえなくてな。少し強引に通らせてもらったが、許せ」

「フ、フランツ殿下……」

お父様が、震える声でつぶやく。

なんでこの人がこんなところに？

二人してパニックになりつつも、お父様が立ち上がって頭を下げ、私もドレスを摘まんで膝を折った。

相手がいくら無作法であっても最低限のマナーは守らなければならない。

突然、この場に現れた彼はアルトゥール様の兄君である。

正妃の子であるアルトゥール様より王位継承権は下になるとはいえ、辺境伯令嬢で正式な側室であるお母さまを持ち、自身も王立騎士団の団長である第一王子のフランツ様だった。

たしか今年で二十一歳になる彼は、アルトゥール様と負けず劣らずの美貌を持ちながら、彼より少し男性的でクールな印象がある。

騎士団長であるからか、どちらかというと細身でありながら体幹がしっかりしていて、見るからに荒事に強そうだ。

王族に手荒なことのできない家令や下男達が押し通られてしまったのは責められない。

「頭を上げてくれ。座らせてもらうから、あなたたちも座るといい」

フランツ様は鷹揚《おうよう》に言った。

彼を止めようにも止められず、後ろでおろおろしている家令や使用人が慌てて席の用意をする。

フランツ様が座ったのを見て、お父様も腰掛け、私も用意された椅子に座った。

「先触れもなく突然ですな。一体、何の御用でしょう」

動揺を取り繕うように咳払《せきばら》いをしたお父様が、フランツ様に目を向ける。

「公爵にも挨拶はしなければいけないが、基本、用はこちらにある」

彼はさらりと言うと、やおら立ち上がった。

大股で数歩。

ゆっくりとわたしの前にくると、跪《ひざまず》いて花束を差し出す。

「え……」

似たようなことをされた経験は何度かあったけれど、状況が状況だけに、ついていけず、バカみたいに目を瞬いた。

フランツ様は、唇に笑みを浮かべながらも、真摯な瞳をわたしに向ける。

「エリーゼ嬢、愚弟が無礼を働いたようだが、あなたはその容姿そのままに気高く美しい。それも理解できない不出来な弟のことは忘れて、俺と結婚してほしい。代わりにあなたの目下の憂いをすべて払拭すると約束しよう」

◇◆◇

「婚約破棄からの急転直下、別のお相手との婚約おめでとうございます！　これでまた魔性の女だって評判が高まりますね！」

寝床の準備に入ってきた侍女のルチアにそう明るく言われ、髪を梳《す》きながら考えごとをしていたわたしは思わず鏡台の上に突っ伏しそうになった。

「からかうのはやめて……まだ自分のあさはかさに自己嫌悪中なんだから」

「そうなんですか？　良いお話だと思いますが」

さっとわたしからブラシを取り上げ、髪の手入れを続けてくれながらルチアが言う。

ルチアは公爵家に行儀見習いにやってきた、国内有数の大商人アンデルス商会の令嬢だ。

わたしと机を並べて学友をやってたっておかしくない立場だけれど、彼女の家は若いときには苦労をさせるべきだと、未成年の子女を他家にやって働かせるしきたりがあるらしい。

そうして新たな人の繋《つな》がりを作り、見聞を広めてくるってことのようだけど。

そんなわけで彼女は五年くらいずっとわたしの身の回りの世話をしてくれていて、公《おおやけ》の場であればともかく、二人きりのときは悪友めいた存在だ。

わたしが〝悪役令嬢〟ぶっていることの内実を知っていて、時に協力してくれる共犯者でもある。

もちろん侍女としても優秀でとても頼りになる存在でもあった。

ちょっと……こんなふうに毒舌なところはあるけど。

わたしは唇を引き結んだ。

「フランツ様のことなら、もちろん願ってもない話なんだけど、ふって湧いた僥倖《ぎょうこう》と自分がやらかしたことへの反省は別でしょ」

ちょっといろいろあって疲れきったわたしは、人の手で髪を梳かれる心地良さに寝てしまいそうになりながら言った。

何しろ見通しの甘さで、危うく伝統ある公爵家を没落に導いたあげく、使用人を路頭に迷わせ、弟妹を惨めな境遇に陥《おとしい》れるところだったのだ。

寸前で救いの手が入ったからといって、反省を忘れたらまた繰り返さないとも限らない。

「ああ……王太子様との婚約破棄って、それだけで済むのかなーとちょっと思ってたんですが、やっぱりそうでもなかったんですね」

しれっとルチアが言うので、思わず鏡越しに恨みがましい目を向けてしまう。

「思ってたんなら言ってよ……」

「いつも用意周到なお嬢様が、そんなポカをやらかすとは思ってもみなくて。貴族様のさじ加減とかまでよくわからないから、そういうものかと」

「それを言われると辛いわ……単にそう、大ポカなのよ」

わたしは肩を落とした。

ルチアは明るく続ける。

「でも、王太子様とは合わないし向こうにも好かれてないっていつも言ってたじゃないですか」

そうなのだ。

正直なところ、婚約破棄はしたかった。

王家とお父様の取り決めで、わたしには逃れようもなかったけれど、アルトゥール様は真面目すぎて好みではなかったし、彼の方もわたしとどうもしっくりこないのが丸わかりだった。

もちろん優秀で育ちのよい男性《ひと》ではあるので、婚約者のわたしにはいつも丁寧に優しく接してくれたが、その義務的な感じがかえって息を詰まらせる。

ああ、これ、なんとか世継ぎをこしらえたら仮面夫婦まっしぐらだわ。こんな状態で王妃なんて面倒な立場にされるなんて……最悪。

高貴な身分に生まれた義務は理解しているけど、王妃なんて注目される程度が高すぎるし、自由に振る舞える範囲も極端に狭い。

それを気が合わない夫と生涯を共にしながら過ごすのか……。

そう思いつつ学院に入学したところ、ゲームヒロインであるレオナと彼が惹《ひ》かれあうのを目の当たりにしたので、抗《あらが》わず流れに乗った。

それが元で危うく家を傾けそうになり、第一王子のフランツ様に求婚されることになるのは想定外だったけど。

「お嬢様のことを好いてくださる、しかも容姿能力地位、まったく遜色ないお相手に求愛されてお咎めもなしってすごい幸運です。王太子妃には元々なりたくなかったんですし……それもこれもお嬢様がお美しいからですね！」

「そうだといいんだけど……」

言いながら、わたしは改めて鏡の中の自分を見つめた。

うっすら青がかった銀色の髪に神秘的な紫の目、磁器のような白い肌に繊細な顔立ち。

自分で言うのもなんだが、確かに美しい。

でもねえ。

「だけど今、王都でのわたしの評判は最悪なはずなのに……」

ルチアはしたり顔で言った。

「そういう悪女を手なずけるのがいいって男性もいるんですよ。男の甲斐性《かいしょう》っていうんですか？　お美しいのは間違いないですし、名門アーベントロート家に恩を売ったあげく恒久的な支援も受けられる。特に不思議なことだとは思いません」

「……そういうものかしら」

傍から見て納得できるというなら、この世界ではありきたりの展開なのだろう。

それにわたしには選択肢がないのだ。

フランツ様のことはよく知らないし、以前からひそかにわたしを好きだったのだという言葉をどこまで信用していいかわからないが、ここはすがるしかない。

自分の不始末で家族や領民に迷惑をかけるよりずっといい。

あの後、わたしはお父様と少し話し合った上、即行で彼の求婚をお受けした。

何しろフランツ様と結婚すれば、アーベントロート家への処分の話はなかったことになるというのだから。

フランツ様は、今度のことは第一王子と王太子が麗しい婚約者を巡って恋の鞘当《さやあ》てを行った結果、第一王子に軍配が上がったという話にしようと提案してきた。

そんなことができるのかとわたしもお父様も驚いたけど、彼は任せてほしいと笑うだけ。

自信ありげな物言いの裏には、お母さまのご実家の力だとか、彼が最近、国境の小競り合いを収めた軍功とかいろいろあるみたいだけれど。

自信に溢《あふ》れて、ちょっと悪い顔をした笑みは格好よかった……な。

異性に対してこんな風に思うのはすごく久しぶりで、わたしは少し不思議な気持ちになる。

鏡に映るエリーゼは、顔にとまどいと困惑を滲ませこちらを見ている。ゲームでは一度も見たことがない……まるで普通の少女のような顔をしていた。

乙女ゲームの中のエリーゼは、やることなすこと悪辣なので、一部のゲームファンからは毛虫のように嫌われているけれど、一部で熱狂的なファンも居た。

わたしもそのひとり。

何というか彼女は……小気味よかったのだ。

自分が美しく可憐《かれん》に見えることを知っていて、それを最大限活用しようとする。

常に自分が一番でいようと美貌を磨き、立ち居振る舞い、勉学に至るまで手は抜かない。

利用するためとはいえ、周囲の変化とか態度とかによく目配りしているし、お人好《ひとよ》しなレオナやそれ以外の取り巻きを操る術も巧みだ。

それに付随する演技力も凄い。

実際に周囲にいて敵に回したらイヤな相手だと思うけれども！

ゲームで見ている分にはとても楽しく、ついつい肩入れして応援していた。物語の上では悪役の立ち位置でも、とても魅力的だった。

それなら現実でも、そんな風に感じる人はいるのかもしれない。

美しい見た目、良くも悪くも人を動かす能力、公爵家の血筋。エリーゼの価値は低くない。広がる悪評などは大した問題はないと、考える人もいる？

「まあ、王子様の真意なんてわかりませんが、結婚なさるんですから、そのへんは、おいおい探ればいいことですよ」

あっけらかんと言うルチアにわたしの気分も浮上してきた。

そのとおりだ。

とんでもないポカをやらかしたのにもかかわらず、それを挽回《ばんかい》できるのだから。

相手の思惑はどうあれ。あとは自分でどうにかすればいい。

わたしなら……エリーゼなら、うまくやれるはず。

十二歳くらいの時だ。

高熱を出して一晩寝こんだ後、前世を思い出したわたしは自分がエリーゼになっていたことに心底驚いた。

嬉《うれ》しい……といえばもちろん嬉しかったけど、同時にすごく緊張した。

だって、あのエリーゼだ。

それまでも公爵令嬢として、それなりのプライドを持ち、家名にふさわしくあらねばという意識はあったけど、モチベーションが違う。

ゲームで見たエリーゼはもっと美しかった。

もっと可憐でもっと聡明《そうめい》でもっと誇り高く、裏の顔は、ぞくぞくするほど邪悪だった。

もっと努力しなければ、わたしが憧れたあの彼女のようにはなれない。

わたしは学問的な勉強はもちろん、マナーや楽器演奏、立ち居振る舞いにいっそう励み、周囲の人達のことにも気を配るようになった。

ただ邪悪な行為については……実のところ、特にやっていなかった。

わたし自身は現状に不満はなく、両親のことも、弟妹のことも愛していたので。

あえて人を傷付けたいとは思わない。

結局、悪女だと断罪されて婚約破棄されたのだけれど……そこはその、なりゆきというか、流れに乗った結果だったりする。

ともかくイレギュラーなことはあったものの、おおむねうまくいった……と思っていたのに、取り返しのつかないことになるところだった。

やはり想定外のことが起こったときは、その原因とか結果をもっとしっかり考察しなければダメだわ。

わたしは大事なことを思い出してルチアに語り掛けた。

「結局、レオナを階段から突き落としたのって誰かわからないのよね。世間はすっかりわたしだと決めつけて、捜査も終わってるみたいだし」

まあ誤解をこれ幸いと利用して、望む結果にもっていったのではあるけれど。

本来ならレオナのことは卒業式前にどこかに閉じ込めて、直前で都合のいい誰かに助け出されるように仕組むつもりだったのだ。

ついでに彼女のいまいち古臭いドレスを濡《ぬ》らすとかして、わたしプロデュースのもっと素敵なドレスを着せる用意もしていた。もちろんわたしが陰で助けていることは内緒だ。

ゲームヒロインには輝いてもらわなくては！

その筋書きどおりだったら、いろいろうっかりしていたとはいえ、我が家にくだされかけた処分ももっと軽いものだったのかもしれない……。

ルチアもそのへんは不思議だったのか、考え込むようにして言った。

「お嬢様はそこに居合わせただけなんでしょう？　むしろレオナ様が軽傷で済んだのはお嬢様がひそかに魔法で空気抵抗を強くしたおかげだとか」

「無傷にはできなかったからそこはいいのだけど、今にして思えば、居合わせたのも嵌められたからのような気がするわ」

「たしかにそれは問題ですね。誰かに調べさせましょうか？」

「お願い」


ルチアが退出した後、ベッドに入りながら、わたしは今日、初めて近くで接したフランツ様の姿を思い描いていた。

彼の人となりはわからない。

今まで夜会で会ったことはあるけれど、儀礼的に挨拶をするだけだったから。

フランツ・アクス・フォルゼンシュタイン。

我が、エーデルツバイト王国、王位継承権第二位の王子様。

ヴォルニウス辺境伯家の令嬢で、側室であるシルヴィア様の一人息子でもある。

国王は正妃の他に、側室を三人まで持てるし、歴代の王の中には非公式の寵姫《ちょうき》を幾人も囲う王様も居たみたいだけれど、今の陛下には、他に妃はいない。

若かりし頃、シルヴィア様と熱烈な恋愛をしていたにもかかわらず、当時の国政上、やむをえず隣国の王女である今の王妃様を娶《めと》ったという話だ。

王妃様とも、それなりに仲睦《むつ》まじくされているとは言うけれど。

フランツ様は王位争いに野心があるようには見られない。でも国境での軍事力を一手にし、辺境でほぼ独立国のような立ち位置のヴォルニウス伯を後ろ盾に持つ彼は、ただの側室の子よりは立場が強い。

ご本人も突出した軍事の才能があるという評判で、騎士団長として一目おかれている。

ゆくゆくは公爵位を与えられて、アルトゥール様の右腕となるだろう、とも。

ゲームではアルトゥールルートで、姿と回想でのやりとりだけが出ていた。

側室の子のため兄であるにもかかわらず継承権は下。しかしとても優秀でアルトゥールがひそかにコンプレックスを抱く相手、という設定もさることながら、アルトゥールより大人びた麗しいビジュアルと声で滅茶苦茶人気が高かった。

追加デスクではフランツルートも是非にと言われてたし、まあ間違いなく出るよね、とも考えられていた。

わたしもフランツ様の容姿と声はぶっちゃけアルトゥール様より好みだったので、出てくるのが楽しみだったのだけど、たぶん、新情報が出てくるより先に死んでしまったのよね……正直、ゲームの中のことはよく覚えているわりに前世のことは曖昧だ。

もう新しい人生を生きているわけだからそれはいい。

——でもフランツ様に関する情報は、もう少し欲しかったな。

調べるとわかることじゃなくて、何が好きだとか、どんな女性がタイプだとか、どんな性格だとか、そこらへんを。

藁《わら》にも縋《すが》りたいと思っていたときに、差し伸べられた、極上の藁……というか助け船だ。それ以上のことなんて、今は望んでいないのだけど。

だけど好かれているのなら、もっともっと好かれるようにしたいじゃない？

その方がアーベントロート家の繁栄にもつながるわけだし。

家のための結婚は貴族の子女の義務……と思いつつ、アルトゥール様との婚約が決まったときより、自分がずっと高揚してドキドキしていることに、そのときのわたしはてんで無自覚だった。


卒業式から三ヶ月後、わたしとフランツ様は結婚式を挙げた。

アルトゥール様とレオナもあれから順調に交際しているけど、婚約破棄したばかりなのと彼女の身分が低いのがネックになっているみたいで、わたしが片付いて穏便になるならそれを待ってから、ということになったみたい。

ゆくゆくはレオナは娘のいないムジーク侯爵家に養女として入ってから王家に嫁ぐことになっている……のはゲームどおりね。

その他、彼女に王太子妃としてあれこれを叩《たた》き込《こ》む教育とかいろいろあるんだろう。

わたしたちの結婚は、王族と公爵令嬢のものとしては異例の速さで準備が進み、規模も小さめだった。

フランツ様がいろいろなかったことにしてくれたとはいえ、卒業式での婚約破棄騒ぎは多くの目撃者がいる。周囲の好奇の目にさらされるのはわかりきっていたので、それでよかった。

フランツ様は、一刻も早くわたしを自分のものにしたいからとか言っていたけれど、そのへんを考慮してくれたような気がする。

とはいえ、彼のコネを総動員して仕立ててくれた、ミュルダール産のレースをふんだんに使った真っ白なドレスは、うっとりするような出来栄えで、わたしの気分も上々だった。

祭壇に並んで立つ、同じく白いテールコート姿のフランツ様も、ものすごく麗しい。

折しも季節は初夏。

ジューンブライドなんて概念はこの世界にはないけれど、日本の梅雨もないから、空は快晴で、緑や花が色鮮やかだ。

再婚やワケ有りの貴族によく利用されるという教会は、こぢんまりしているけど上品で、澄んだ鐘の音が美しかった。

フランツ様と腕を組んで外に出たとき、わっと上がった歓声と、爽やかな風の感触を何故かはっきり覚えている。

招待客を絞ってくれたので、不愉快な噂話《うわさばなし》もほぼ聞こえず、親族や親しい友人には心から祝福されて、思いがけずしんみりしてしまった。

その夜のこと。

式を終えたわたしは、王宮の敷地内にあるフランツ様の屋敷に連れていかれた。

アーベントロート家より敷地自体は小さいけれど、新しくて意匠を凝らした趣味のよい建物だ。

部屋はバルコニーがついて日当たりのよい、素敵なところを与えられた。こちらは実家のわたしの部屋より広い。

女主人になるのだから順当だけれど、ちょっと誇らしい。

ともかく初夜だ。

別々の部屋はあるものの、普段は夫婦一緒に寝られるよう、個々の部屋と繋がった大きな寝室が用意されている。

嫁ぎ先にもついてきてくれたルチアに、「ボロが出ないようお励みくださいね～」とか雑なエールを送られた後、わたしは大きな天蓋付きのベッドで落ち着かなく彼を待っていた。

告白すると、今世はもちろんのこと、前世もそういう経験はない。

特に避けていたわけじゃなく、なんとなくタイミングを逃し、そのうち良いご縁もあるだろう、とのんびりしていたら……な感じ。

正直、まったく不安がないといえば嘘になる。

高位貴族として生まれて、そういうことは義務だと割り切ってはいたけど、何しろ初めてなので。

初めては痛いって聞くけど、どのくらいなのかしら。

知識はたぶん普通の貴族令嬢よりはあるほうだから……平気よね。

貴族令嬢として知識はあっても慣れてないのは当然のことだし、わたし《エリーゼ》はキレイで可愛いから問題ないない。

ドキドキする胸を押さえ、水差しの水を少しだけ口に含んで、自分に言い聞かせる。

フランツ様の家の方で用意してくれた総レースの白いナイトドレスは、特別な絹でできているみたいで、ひどく着心地がよかった。

「待たせたか」

ドアを開ける音に、ぱっと顔を上げると、ガウンを着たフランツ様が微笑んで立っていた。

やっぱりこの方、着やせするタイプ……薄着だと、思いのほかしっかりした体つきと筋肉が見てとれる。

濡れた金褐色の髪が、本当の黄金みたいに輝いて、ひどく艶《つや》っぽい。

四つしか年上ではないはずなんだけど、そもそも前世の自分はもっと年上だったはずなんだけど、王族としても騎士団長としても、人の上に立つ存在だからか、大人な魅力がハンパない。うう、どうしよう。色気で負けそう……。

エリーゼは可憐ではかなげな感じに特化してるので、悪女な面を表に出しても、そこまでお色気全開にはならなかった。

ましてわたし、悪女は表面だけの付け焼き刃でそこまで板についていないのよ……。

フランツ様はちょこんと座っているわたしの横に腰を下ろした。

「緊張しているか？」

「いいえ……」

わたしは上目遣いに彼を見た。ユーザーにあざとい！　と評判だった角度だ。

鏡の前でだいぶ練習したから自信はある。

今しかないと思って、彼にずっと訊《き》きたかったことを訊いてみることにする。

「ご存じかと思いますが、わたし、清楚なのは見た目だけで、性悪だとか悪女だと言われてますので……殿下に幻滅されないかが心配です」

フランツ様は苦笑した。

「これからずっと、一緒に暮らすのに殿下はよしてくれ。フランツでいい」

「はい、フランツ……様」

呼び捨てにしようとしたが、やはりためらわれて中途半端な感じになった。彼は優しく笑う。

「今はそれでもいいが、悪女を気取るには少し初心《うぶ》すぎるな。そもそも本当の悪女は自分を悪女とは言わないものだ」

わたしは赤くなった。

「それも手管かもしれません」

フランツ様はにやりと笑った。

「面白い。だったら試してみようか」

フランツ様は、わたしの肩を抱き寄せ、頬《ほお》に手を添えた。

少し煙るように優しい青灰色の目。

見つめられると吸い込まれそうだ。

「あなたに関するやくたいもない噂なら、俺はほとんど本気にしていない」

はっきりと告げられ、その内容に目を瞬かせる。

「どうして、そこまで……」

レオナのことは行き違いにしても、わたしが念入りに工作して半ば真実のように語られていることもいろいろあるのに。

「俺は自分で直接確かめたことしか信用しないからな。今のように」

フランツ様の指が意味ありげに、わたしの唇の下あたりをなぞった。

近付いてくる気配に、思わず目をつぶってしまうと、柔らかく塞がれる。

小さく音がして、濡れた感触が離れると、わたしは思わず唇に指を当てていた。

今のキス……よね。

それも、触れただけの、軽いもののはずだ。

ええ、ええ、お察しのとおり、キスも初めてですけれども！

フランツ様は、頬に手を添えたまま笑った。

「不安で肌が透き通るように白くなっていたが、ようやく色がついた」

「そんな、ことは……」

「俺の前で、強がらなくていい」

頬が熱くなっているのがわかる。

彼の指が、戯れるように頬から耳を緩やかにたどった。

宥《なだ》めるように頭を撫《な》で、髪を梳いていく。

胸がまた、壊れそうなくらい脈打っているけれど、そうされていると少しずつ、身体が弛緩していくのがわかった。

わたしを見つめるフランツ様の目はとても優しい。

今はただ、この人に任せてもいいのだと思えた。

「夜は長いから、ゆっくりしよう」

「は……い」

もう一度、引き寄せられるように唇が重なった。

二度、三度、角度を変えるように、口づけられ、甘く吸われるうちに、それは深くなっていく。

フランツ様の腕に力がこもり、胸に抱き込まれるようにして、彼の身体に寄り添った。

温かい。そしてとても気持ちがいい。

フランツ様がわたしの頤《おとがい》に添えた指に少しだけ力を込めた。

「口を少し開いて」

そう言われて、ちょっとだけ唇を開くと、するりと舌が入ってきた。

「んっ……」

知らず声が漏れる。

こういうキスのことを、知識としては知っていたけれど、知っているのとされるのは違う。

確かめるように舌が口の中を動き回り、歯列をなぞってくる。

少し苦しくて、必死に鼻で息をしないといけないけれど、苦しいのが気持ちよかった。

ようやく唇が離れると、唾液がつっと銀の糸を引くのが見えた。

ぼうっとした目でフランツ様を見ると、彼が甘い声で言う。

「可愛い」

フランツ様が、ふにふにとわたしの唇を触る。

「ここも綺麗に色づいたな。気持ちいい？」

「……わかりません」

なんだか、ふわふわして、身体中が熱いようなむずがゆいような気持ちになっているけれど、よくわからない。

フランツ様はくすりと笑う。

「それはそれは……ではもっと努力しなくては」

「そういう意味ではっ！　というかもっとではなく、手加減してもらえると！」

慌てて抵抗しようとすると、また唇が塞がれた。ひとしきり口の中を掻《か》き回したあと、首筋に下りていく。

「あっ……」

意識しないのに高い声が漏れる。

「ああ、ここも真っ白で、真珠のようだ」

感嘆するように言われたけれど、よく意味が頭に入ってこなかった。

なに、これ……。

首筋に口づけられ、唇でなぞられるのは、はっきりと快感だった。

胸だのお尻だのが感じるとは聞いているけど、こんなのは知らない。

フランツ様に支えられた身体が、くなくなと力を失っていく。

彼の手がわたしの胸を探り、柔らかく揉《も》んだ。そこもすごく気持ちいい。

「やっ……あっ……」

気が付くとベッドの上に押し倒されていた。

そのままちゅっちゅとあちこちに口づけられる。

「フランツ、様……」

彼の手が、ナイトドレスの首元にかかった。リボンがしゅるりとほどかれる。

新婚仕様なのか、それは数カ所あるリボンを解いただけで、簡単に脱げるようになっていた。

「ああ、美しいな」

フランツ様が、ドレスの前を開いて、そこを見つめながら言う。

「……っっ……」

覚悟していたとはいえ、初めて男性に肌をさらすのは、やっぱりなかなかに恥ずかしかった。

思わず、胸を守るように腕で覆ってしまう。

「隠すのはダメだ。こんなに美しいものを」

フランツ様が咎めるように言いながらも、優しくその腕をとって手の先にキスをする。

「あなたは何もかも甘いな。壊れそうに細いのに、とてもしなやかだ」

「やっ……」

手から指の先を、見せつけるように舐《な》め上げられたかと思うと、指を咥えてちゅうと吸われた。

「あ……あ……」

もうちょっと冷静でいたいと思うのに、甘えるような声が出てしまうのを自分で止められない。

そのままたどるように腕に唇を這《は》わされ、いつのまにか胸を隠した腕をどけられていた。

じぃっと見られ、耐えられなくなって、目をつぶって横を向いてしまう。

「大丈夫。そのまま感じていてごらん」

「ひぅっ……」

身を屈《かが》めるようにして耳元でささやかれて、身体がぴくんと震えた。

「ここも弱いのか」

「やっ……」

耳全体を舐められ、耳たぶを指で摘まれて、ぞくぞくとしたものが身体に走った。

なんで、こんな……。

わたしの身体なのに、わたしの自由にならない。

すらりとした体型のためか、一人で立っているとほっそりして見えるフランツ様はこうしていると、ずいぶん大きくてたくましい。

身体に起こる変化に耐えられずに身体を捩《よじ》っても、やすやすとその抵抗を押さえ付けて自由にされてしまう。

「本当に嫌なことははっきり言うといい。乱暴にするつもりはないから」

「…………っ！」

あんまりわたしがじたばたするからか、手を止めてそんなふうに言われ、わたしは、赤くなりながら、うんうんとうなずくのが精一杯だった。

「大丈夫です、その、ちょっとくらい、いやって言うのは、その……」

反射というか……なんか出てしまうだけなので。

口ごもったけど、わかってくれたのか、フランツ様は笑った。

「ああ、ちょっとくらいの抵抗なら、都合のいいようにとらせてもらおう」

そう言って、またちゅっと、軽く口づけられる。

「これは、嫌ではないね」

「嫌じゃないです……好き、かも……」

頑張ってそう伝えると、笑いながら口づけられた。

触れたと思うと、最初のときより、簡単に深くなる。

「そこまで頑張って口を開けなくていい、むしろ唇で舌を挟むようにして」

合間にささやきながら教えられる。

「ん……」

言われたとおり、唇をすぼめ、舌を絡めながら、彼の首に腕を回した、引き寄せるようにすると、彼の身体の重みがかかってくるのが心地よい。

嫌なわけではない。これは夫婦として必要な行為だということはわかっている。

いいえ、そんな義務感とかだけじゃなくて……。

たぶん、わたし自身が嫌がっていない。

それはフランツ様がすごく優しく触れてくれるからかもしれないし。彼だから、なのかもしれなかった。

大事に扱われている。

わたしのことをよく見て、乱暴にしないように、いい方に導いてくれる。

彼の手がわたしの胸にじかに触れ、全体を覆った。

やんわりと形を変えるようにされて、じわりと気持ちよくなる。

「意外と大きいな……」

「……っ、大きいのはお嫌いですか？」

息を乱しながら思わず問いかけると、フランツ様は即座に否定した。

「いや。あなたならなんでもいいが、どちらかといえば大きい方が好みだ。まろやかでとても柔らかい」

言いながら胸の先を指で悪戯《いたずら》される。

「ふっ……」

摘まれて、くにくにと弄《いじ》られると、そこが膨らんで勃《た》ってくるのがわかった。

「あっ……は……」

漏れてしまう声が恥ずかしくて、おもわず手を口にやってしまう。

「我慢せずに声を出せばいい。俺しか聞いていないから」

「んっ……やっ……」

恥ずかしい。

ふるふると首を振ると、フランツ様はくすりと笑って、それ以上、無理強いはしなかった。

代わりにあちこちに触れてきて、わたしの身体を責め立てる。

「ああっ……‼」

耳を弄りながら、乳首を甘く吸われて、背中にぞくぞくとしたものが走った。

背を弓なりに反《そ》らせると、すかさず背中に手を回され、フランツ様に胸を突き出すようになってしまう。

「あっ……」

「ここが気持ちいいようだ」

フランツ様が言いながら、両方の乳首を交互に吸った。

神経の束がそこに集約しているみたいで、嘘みたいに気持ちいい。

「んっ、ん……」

わたしは喘《あえ》ぎながら、どこかもどかしくて脚を擦り合わせた。

体の芯の方がじんじんしている。

フランツ様がいじるのは、お腹《なか》より上の方ばかりで、そこには触られていないのに。

「濡れてきた?」

フランツ様が優しく言った。

これが、濡れる……。

知識はあったが、体験するのは初めてだった。

じんわりと身体の奥から、何かが溢れてくるのがわかる。

「触ってほしいか?」

「やっ……」

言えるわけがない、そんなこと。

わたしは抗議するように眉を寄せた。フランツ様は優しく笑う。

「悪かった。いずれは素直に甘えてほしいが、急ぎすぎだな」

フランツ様がそう言いながら、下着の上からわたしの脚の間に触れ、なぞるようにする。

わたしは息を呑《の》んだ。

気持ちいい。

「湿っているな。どんどん溢れてくる」

「あ……あ……」

身悶《みもだ》えるわたしを、しばらく堪能したあと、フランツ様は下着を引き下ろして取り去ってしまった。思わず閉じそうになる脚を手で押さえられ、開かれる。

曲げた脚を持ち上げられて、秘めた部分を完全に彼の前にさらすことになった。

「…………っ！」

覚悟はしていたけれど、やはり頭に血が上る。

「ここもキレイだな。朝露に濡れた花びらのようだ」

濡れそぼったそこに、フランツ様が指をあてる。秘裂の上部にある突起を、くすぐるように撫でられて、身体が撥《は》ねた。

「ああ——っ！」

止める間もなく上ずった声がこぼれる。

「ああ、ここだ」

何度も何度もそこを転がすようにいじられて、声が止められなくなった。

知識はあった。女性の身体の中でもっとも感じる部分。

深く繋がるのに慣れるまでは、そこを刺激されるのが一番、悦《い》いのだと……。

「あ、あ、あ、そこ、だめ、やめて……」

刺激が強すぎて、おかしくなりそうだ。

「大丈夫だから、身体を委ねてごらん？」

「やっ………です……あ……あっ⁉」

とぷっ、と身体の中から、おびただしい蜜が溢れ出す感覚があった。

きっとフランツ様の指も濡らしている。

自分の身体が自分ではないみたい。コントロールが利かない。

恥ずかしくて、どこか悔しくて、わたしは顔をうつむけて、枕に埋めるようにしてしまった。

ふっと、ずっとわたしをさいなんでいた刺激が止《や》んだ。

わたしは顔を上げ、潤んだ目で彼を見上げた。

「いじ、わる……」

「ああ、すまない。あなたがあまり可愛すぎて、夢中になった」

フランツ様が顔を近づけて、わたしの目尻をぺろりと舐める。泣かないように我慢していたけれど少し、塩辛いかもしれない。

「驚かないように、ゆっくりしよう」

目元から頬に流れて口づけられ、汗で濡れた髪を丁寧に撫でつけられると、何故かさらに泣きたくなった。

彼の指が、敏感なところを避けて、自分でもよく知らない場所に沈められた。

わずかな圧を感じる。

「よく濡れている」

確かめるように動かされて、指を増やされる。

くちゅりという音がして、自分のそこに蜜が溜《た》まっているのがわかった。

「大丈夫。あなたの身体が、俺を受け入れてくれようとしているだけだ」

わたしが音に怯んだのを悟ったのか、フランツ様が優しく言った。

しばらく、そこを掻きまぜるようにされた後、指が抜かれ、脚を抱えなおされる。

「――っ……」

何をされるかはわかっていた。

やっぱりちょっと緊張する。

「挿《い》入れるよ」

ずっと何かを食《は》んでいて少し空虚感があったそこに、とても熱くて質量のあるものが押し当てられる。

フランツ様の……。

「あっ……」

最初はこんなものかと思った。

固いけれど、どこか弾力のあるそれに、ずぬ、と入口をこじ開けられる感触は少し気持ちよさがある。けれど、それがぐぅっと深く入り込むにつれ、苦痛が増してきた。

「いたっ……」

斬り裂かれるような痛みとは違う。痛い、というより苦しい。

そこより先はもういけない、と思うのに、ぐりぐりと押し付けられる。

「あっ……く、ぅっ……」

目の前が赤く染まった。

脚もより深く押し曲げられ開かされて、圧迫感が増していく。

「エリーゼ……もう少し、力、抜いて……」

「無、理……」

フランツ様が初めてわたしの名を呼んだ。

だけど、苦しくてぼうっとして、それをどう思えばいいかわからない。はあはあと息を吐いて、ひたすら苦しさに耐える。

不意に胸が大きな手で掴《つか》まれた。探るようにして、先端を摘ままれる。

「んっ……」

少し気がそれたときに、ぐっと力をかけられて、ぷちりと何かが弾けた感じがした。

痛い！

思わず目を瞑《つぶ》ってしまったけれど、そこを通り抜けるとぐっと楽になった。

ずうっとそれが入ってくる。

とん、と行き止まりが叩《たた》かれる感じがして、ふうと息を吐く気配がした。

「大丈夫か？　よく我慢したな」

そうっと目を開くと、青灰色の目が、愛《いと》おしげにわたしを覗《のぞ》き込《こ》んでいた。

「フランツ……様」

「全部、入ったよ。あなたの中は温かい……」

言いながら、少しだけ腰を揺らされる。

鈍い痛みはあったけれど、そこまでひどくはなかった。

ただ体の奥に知らないものがみちみちに詰まって、押し広げられているよう。

全身で彼を感じる。

繋がる、とかまぐわう、とかいう意味がわかるような気がした。

わたしの身体が、彼の一部を、受け止めて感じている。

「んっ……あ」

「掴まっているといい」

フランツ様がシーツに投げ出していたわたしの手を自分の首に導いた。わたしは無我夢中でそこにしがみつく。

共に負担のないように、身体の位置を調整して、わたしの中で彼が動き始める。

わたしの様子をうかがうようにゆっくりと引き出され、また入ってくる。

さっき感じたように、入り口のところを広げられるのは、なんとも言えず心地よかった。

「あッ……あ……」

「痛かったら、我慢せずに言ってくれ」

「ん、痛くは、ないです……」

本当だった。ギリギリまで抜き出して、また挿《い》れられて、繰り返されるにつれ、ぬるぬるした感触が増し、痛みが薄れてくる。

それと同時に、別の感覚が遠くから近付いてきた。

上等なベッドは、軋《きし》む音一つしなかったけれど、二人分の体重を受けて深く沈み、ゆらゆらと揺れた。

「んっ、んっ、んっ……ああ……」

彼のもので、身体の内側を擦られて、熱くなって……。

だんだん抽送が速くなるけれど、一旦、感覚が気持ちいい方に傾くと、そればかりになる。

フランツ様が少し動きを止めて、身体を離すと、繋がっている上の方を指で刺激した。

最初に弄られて、ひどく感じてしまったところだ。

「あ、ダメ、そこ、やぁぁっ……！」

彼のもので広げられていっぱいになったところで、剥《む》き出しになっているそれを撫でられると、電流みたいな悦楽が走った。

とろりとまた蜜が溢れ、脚を汚すのがわかる。

びくびくっと身体が震えた。

「軽く達したみたいだな」

「達し……？」

わたしはぼうっとしてその言葉を繰り返した。

「達《い》く、とも言う」

フランツ様が、少し嬉しそうに言った。

達く……これがイクってことなのね……。

絶頂、エクスタシー、様々な単語が頭を回る。

少し、ふわっと宙に浮いたような感覚だった。

「あなたの中がだいぶ柔らかくなった……。柔らかいが、締め付けてきて最高だ……」

気のせいか、フランツ様の声が最初より上擦っているみたい。

時折、漏れる息が熱い。

彼も気持ちよくなっているんだ、と思うと、さらに体温が上がる気がした。

ぐちゅぐちゅと繋がった場所から濡れた音がする。

「もう少し、強くしてもいいか？」

吐息まじりの声で訊かれて、答えられず回した手に力を込めた。

彼の肌が汗で濡れている。自覚はないけれど、わたしもそうなんだろう。

より力強く、逞《たくま》しいものがわたしの中を穿《うが》つ。

痛みなんて意識もしなくなっていて、ただただ気持ちいい。

きゅうっと、内側が、フランツ様を締め付けるのを感じた。

「は……すごい、な……」

彼が小さく声を漏らす。

片足をもう少し高く持ち上げられて、知らない奥処《おく》を突き上げられた。

「あぁぁっ！」

繋がりが深くなって高い声が上がる。

もうどこか、高いところに上がって下りて来られないみたいだ。

嵐の中の船みたいに揉みくちゃにされて、自分の嬌声《きょうせい》を遠くに感じている。

フランツ様が荒く息を吐きながら、上体を倒してきて、唇を合わせた。

「んっ……あ……や」

舌を絡められて、呑み込めない唾液が、口の端から流れていく。

身体の奥に熱いものの先端を押しつけられ、掻き回すようにされて、どんどん熱と気持ちいいところが広がっていく。

繋がったところから、淫靡《いんび》な水音と、肌と肌がぶつかる音が響いている。

内側の壁がびくびくと痙攣し、中にいるフランツ様の存在を感じると、背筋にぞくりと快感が走った。

何かよくわからないものが迫ってくる感じがする。

さっき、達したと言われたものに近いけれど、もっと大きい。

「あっ……、ああ、これ、だめ、やっ……」

甘えるような、ねだるような声は、とても自分の声のようには思えない。

フランツ様の動きが少し速く、荒っぽくなったけれど、それももう気持ちいいばかりだ。

「エリーゼ……ああ、最高だ」

掠《かす》れた声を耳に入れると、よけいに身体がおかしくなる。

「あっ……ああっ、もうっ……」

「っ――!」

唸《うな》るような声が上がって、最奥で何かが弾けた。

「んっ、なに、これ……おかしく……」

わたしの中をいっぱいにしていたものが、生き物のように震えるのを感じて、わたしもまた、目の前が白くなるのを覚えた。

涙の滲《にじ》んだ目で、はぁはぁと、息を上げながら、気がつくとフランツ様の腕に抱かれていた。

「大丈夫か？　素晴らしかった、エリーゼ」

あやすようにまた頬に口づけられる。

「終わった……？」

「ああ。最初だからな、これくらいにしておこう」

最初……？

最初じゃなかったら、これくらいでは済まないってことかしら……。

「心配そうにしなくていい。あなたが嫌がることはしないから」

「べ、別に、そんなのでは……」

思いを悟られるのが恥ずかしく、彼の胸に顔をうずめた。

考えてみればそれもずいぶん恥ずかしいのだけど、そのときはそれが自然なような気がした。

フランツ様が、ふっと笑う。

温かい手で、背中を撫でられる。

「やっとあなたがこの腕の中にきたのだから、怖がらせないように優しくしないとな」

やっと――？

彼の言葉に少し違和感を覚えながらも、初めての行為の疲労と、包み込まれるような温かさに
わたしは、ふうっと眠りに引き込まれてしまった。

第二章　彼が彼女を愛する理由

そろそろ汗が滲《にじ》んでくるような陽気である。

暑かろうが寒かろうが、野外での訓練をさぼるわけにはいかないのであまり歓迎できたものではないが、天気自体はよい日が続いている。

週末にはエリーゼを誘って湖で舟遊びでもしようか。彼女の繊細な肌が焼けてしまわないように対策をしてやらなくては。

そういえば夏季休暇を取れたらどこに行こう。やはり高原の涼しいところがいいだろうか。

乗馬はあまり得意でないので教師について練習すると言っていたから、直接教えてやりたい。

透き通るように白い肌と銀髪のせいか、いかにもインドア派に見える彼女が、意外と外に出て体を動かすのが好きなのは嬉しい誤算だった。

あまり外遊びをさせてもらえなかったらしく、慣れてはいないが、一つ一つ手ほどきすると、顔を輝かせて喜んでくれるのが見ていて楽しい。

「団長、そちらの書類、そろそろいいですかね？」

副官のクリスの呆《あき》れたような声に俺は我に返った。

今は王立騎士団の屯所で、昼下がりのデスクワークの真っ最中である。

いけないいけない。最近、比較的平和でのんびりしているからといって、仕事には集中しなくては。

だらだらしていると残業になって、それだけ家に帰るのが遅れるというものだ。

「緩んだ顔しちゃって。そんなに新婚っていいものですか」

俺の手から書類をひったくって、さっと確認しながら、クリスが皮肉っぽく言う。

黒髪に緑の目が印象的な彼は、次男とはいえ伯爵家の令息であり、精悍《せいかん》な美丈夫なのにもかかわらず浮いた噂が一つもない。

カタブツで真面目なのはいいが、過ぎるとそれも考え物だ。

俺は今の自分の幸せを分けてやりたいと思って、明るく彼に語りかけた。

「とてもいいものだぞ。お前もするといい」

「つい二年ほど前に結婚など面倒だ。しなくてはいけないだろうが、なるべくギリギリまで引っ張りたい。お前も付き合え、と仰ってたと思うんですが……」

気のせいか、声の調子が恨みがましい。

そんなに結婚を急かされるのが嫌なのか……。

「そうだったかな。記憶にないな」

そんなはずはなかったが、あえて知らぬふりをした。

「とても欲しかったけれど、手に入れるためにはとても苦労すると思ったものが、思いがけなく目の前に転がり落ちてきたんだ。チャンスは逃すべきではないだろう？」

「はいはい……聞き飽きましたよ」

優秀な副官は、おざなりな返事をしながらも、手と目を忙《せわ》しなく動かして付き合ってくれる。

俺も口は動かしながらも、せいぜい仕事に集中した。

大半はルーティーンな報告に目を通して印を捺《お》すだけだ。

知らず思いは、先ほどのものに戻っていく。

「もともと愛《いと》しく思っていたが、手に入ると、思った以上に可愛い」

「確かにアーベントロート家の令嬢といえば、妖精のごとくに美しく聖女のようにお優しいと一時は評判でしたがね……最近は真逆の噂が主流ですが」

俺はしたりと笑った。

「その噂のおかげで彼女を娶れたのだから感謝するべきだな」

「はあ……で、団長にとってはどちらなんですか？」

「たいていの男なら、聖女のような女性を崇《あが》めて仕えるならまだしも、妻にしたいとは思わないだろう？」

「では評判どおりの腹黒な悪女だと？」

「まさか」

俺はくっくっと笑いながら、確認の終わった書類をばさりと処理済みの山に載せた。

背中に残る、小さな掻き傷の存在を意識する。

朝、その痕を見つけて、なんだか暗くなっている妻は可愛かった。

だいぶ慣れてきて、いろいろな顔を見せてくれていると思う。だが、まだまだだ。

信用されていないのか、まだ心を明け渡してくれるつもりがないのか……わからないけれど。

それもまた一興。

彼女はもう俺の妻なのだから、じっくり心を溶かしていけばいい。

「エリーゼは見ていて飽きのこないくらい面白い、けれどいたって普通の女性だよ。ちょっと、猫みたいなところはあるが」

普通……というのは大いに語弊があるし、俺にとっては唯一無二の存在をそんな言葉で片づけたくはないが、聖女でも悪女でもないのだからそう言うしかないだろう。

だからこそ、愛しいのだけれど。


エリーゼを初めて見かけたのは学院の理事室で人を待っていたときだった。

どうでもいい式典に卒業生として話をしてくれとかいう内容で、ひたすらあくびを噛《か》み殺《ころ》していたのを覚えている。

あの頃の俺はなにもかもに退屈していた。

国は平和で、興味を惹く物事は一通り、学習してしまった。

何か、もっと面白いものはないかと窓の外を見ていたときだ。

ちょっとそこからは見えにくい木陰で、本を読んでいるらしい彼女を発見した。

――あれは……シュヴァーゼル公の令嬢か？

ここ近年のデビュタントの中でも際立って美しく、そして心根も清らかだと評判の淑女だ。

そして弟、アルトゥールの婚約者でもある……。

俺は少し興味を覚えた。

未来の義理の兄として……などとしかつめらしい理由ではない。

夜会でちらりと挨拶をした程度の、評判の美少女の違う顔を見てみたかっただけだ。

その頃には彼女への絶賛の陰で、裏では使用人にあたりちらし理不尽な罰を与えるワガママだとか、自分は手を汚さずに人を操ってライバルを蹴落とす悪魔のような女だとかの噂がちらちら聞こえていたこともある。

俺は簡単な術を使って、近くに居た小鳥の目を借りることにした。

そのままだと、魔法に秀でた者にはばれてしまうので、認識阻害の障壁をかけ、彼女の許《もと》に飛んでいく。

近くの枝に留まった俺の目に映ったのは、ひどく平和な光景だった。

学院の庭に住んでいる小鳥だとかシマリスだとかが、のどかな日差しの中、集まってくつろいでいる。

輪の真ん中にいるのは、本を広げて目を落としている美少女だ。

学院のなんの変哲もない制服を着ているのに、その美しさは際立っていた。

母方から北方の血を引いているという、銀の髪は星の光を紡いだようだ。

紫の目を伏し目がちにすると、睫毛が濃い影を作る。

その膝には、学院の番犬であろう、大きな犬が頭を預け、気持ちよさそうに寝こけていた。

彼女は楽しそうに本の頁《ページ》をめくり、時々、くすくす笑いながら、機械的に犬の頭を撫でてやっている。

名門、アーベントロート家は代々精霊の加護が強いことで有名だ。精霊系の魔術を使う者は、動物たちに慕われるというからその類《たぐい》だろう。

なんだ、悪女なんかじゃないじゃないか。

俺はほっとしたような、ちょっと拍子抜けしたような気分でそれを眺めていた。

評判どおり美しく、聖女のような令嬢で、ゆくゆくは民に慕われる王妃になるだろう。

この国も安泰だ。

安心はしたし、その平和の象徴のような場に感嘆はしたが、それだけだった。

俺の退屈を紛らしてくれるようなものではない。

俺はそっと小鳥との同調をといて、意識を自分に戻そうとした。

そのときだ。

彼女が、不意に声を上げたのは。

「本当に？　やったね、ルチア、お手柄だわ」

鈴の音を転がしたような澄んだ声が、ちょっと令嬢らしくない声を上げた。

慌てて様子を窺《うかが》うと、彼女――エリーゼは、紫の目をキラキラと輝かせて、遠くの相手と通話するのに使う術玉に話しかけているようだった。

「そうよ。もうあの業者に替わってからというもの、食堂のごはんが美味《おい》しくなくって！　絶対どこかで、ちょろまかしているのがいると思ったのよね。むかつくったら！」

エリーゼは柳眉を上げて尖《とが》った声を出す。

そんな顔をしても美しいが、しゃべっている内容はだいぶ……なんというか俺の知る淑女とはかけ離れていた。

「商会の利益？　うーんそれは間に入ってもらっているから仕方ないわね。でも食堂に入っているおばさん達はいい人だから困らないようにしてあげて。わたしの名前を出してもいいわ。うん、うん、借り一つってことで。ともかくバーッといって、ガンってして、派手にやっちゃってよ。若人《わこうど》の食事の楽しみを奪うなんて許せないから、よろしく！」

語尾にハートがつくような勢いでぺらぺらと話し終えたエリーゼは、通信を終えると、本を閉じ、膝に乗っていた犬の頭を優しく揺さぶった。

くーんと残念そうな声を出して甘えつつ、しぶしぶ起き上がる犬の頭を撫でてやり、立ち上がってスカートの埃《ほこり》を払う仕草は優美で文句のつけどころもない。

動物たちが名残惜しそうに、彼女の許を離れていく。

そのまま本を持って学舎にいくエリーゼの姿を見つけて、令嬢たちの何人かが駆け寄ってきた。

「エリーゼ様、どちらにいらしたの？　お茶でも一緒にと思ってましたのに」

「すみません。図書館で借りた本に夢中になってしまって……」

「読書をしていらしたのね、なんて作家のご本？」

などと、会話をしながら学舎に入っていく。

その姿は最初に感じた、清らかな令嬢そのものだった。

俺はいったい何を見たんだ？

あっけにとられつつも、俺は気分が高揚してくるのを感じていた。

面白いものを見つけた。

あの子をしばらく観察しているだけでも暇が潰せそうだ。


俺はその日からそれを実行し……結果、大いに悩むことになった。

王位などにこだわる気はなかった。

国王なんぞになったら、窮屈な身分がより窮屈になるに決まっている。

俺がちょっとばかり出来がいいからと、その気になるように熱心に勧めてくる親戚連中にもうんざりしていたし、俺の顔色をうかがい、アルトゥールの力になってくれと、事あるごとに釘《くぎ》を刺してくる王太子一派にもうんざりしていた。

今は平時であるしアルトゥールだって愚かではない。はっきりいって、あいつが即位しようが、俺が即位しようが大差はないだろう。

であれば、王子同士で争って、わざわざ国情を不安定にするのは愚かだ。

絶対に叛逆《はんぎゃく》などしないと決めているわけでもなく、さりとて野心を燃やすのでもない。

国が存亡の危機にあるなら、あるいはアルトゥールがはっきり俺よりも劣るのであれば、俺は躊躇《ちゅうちょ》なく剣を取っただろう。

人が褒めそやす俺の忠節などそんなものだ。

けれど……理由もなく国を乱す気はなかった。ないのだが、少しだけ迷いが生じた。

彼女を手に入れたいと願うなら……。

◇◆◇

「うーん……」

わたしは、つやつやと輝く、自分のピンクの爪を見つめて悩んでいた。

「もしかしてまた何か、変なこと考えてます？」

お茶の用意をしてくれながらルチアが胡乱《うろん》な目を向けるので、わたしは手を広げてひらひらさせながら彼女に爪を見せた。

「これもう少し短くしたいのだけど、やすりをかけていいものかしら」

「ちょうどいい長さだと思いますけどね。今、お召しになっているドレスとも合っているし」

「見た目はもちろんそうよ。でも、実務的にはちょっと。本格的に乗馬も始めたし」

房事のときにフランツ様の背を傷付けてしまったから、などとはさすがに言えない。

ルチアは切って捨てるように言い切った。

「まあ基本、労働には向かない手ですけどね。美しくいらっしゃるのもお仕事ですし」

「うう。それはわかってるから悩んでいるのだけど……」

唸ったわたしは不意に思いついた。

「そういえば、この世界、付け爪ってないのかしら？」

「付け爪？」

「取り外しできる爪の偽物よ。ネイルとか装飾とかしてある感じの」

わたしは傍にあった紙とペンを取って、さらさらと記憶にあるそれを描いた。

「樹脂《じゅし》なんかを使ってね、両面テープを貼って、取り外しできるようにするの」

「へええ。なるほど、シンプルですが、いい案ですね。これだと働き手でも気軽にお洒落《しゃれ》で付けられそう」

「でしょでしょ」

ルチアが賛同の声を上げるのに、嬉しくなったわたしは得意顔をする。

「これ商会の方に持っていってもいいですか？　こういう小物を作るのが得意な者がおりますので、相談してみます」

「もちろん。商品化するならアイディア料は完成品を随時提供してくれればいいわ」

「承知しました。お嬢様って何気にそういうところ、しっかりしてますよね」

「なんでもかんでもタダでいいとか、かえって胡散《うさん》臭くない？　お互いに納得いくような対価をつけて取引した方が、結局は気が楽よ」

「たしかに……」

などと言っていたら、メイドがフランツ様のお帰りを知らせてきた。

「ありがとう」

ルチアは退出し、わたしは鏡で自分の様子を確認する。

結婚してからフランツ様に大量に贈られた、以前より大人びたデザインのドレスが少しくすぐったいけれど、似合ってないことはない。

よしよし。今日のわたしもキレイ。

気合いを入れて部屋を出ていくのと、フランツ様が玄関先で、なにやら御者と話をしてから入ってくるのとが、ほぼ同時だった。

彼はわたしを見ると笑って手を広げる。

さすがにその中に飛び込む勇気はなくてただ近寄ったわたしを、クラウス様は簡単に捕まえて抱きよせ頬にキスした。

「やあ奥さん、今日も綺麗だね」

「……お帰りなさいませ」

わたしはちょっと赤くなる。フランツ様はお育ちなのか性格なのか、スキンシップがちょっと過剰だ。

立っているとすぐに抱き寄せられるし、座っていると膝に乗せられてしまう。

四歳違うけれど、子ども扱いされているように感じて、ちょっと不満だ。

わたしたちは食堂に入り、向かい合わせで食事をした。

前菜のマッシュルームスープが美味しくて、パンを多く取りたくなるのを我慢する。

この屋敷の料理人は公爵家よりも腕がいい。気をつけないと食べ過ぎてしまいそうになって、とても危ない。

妖精のような、と言われる体形はなんとしても維持しなければ。

運動もかねて、もう少し学生時代みたいに自由に外を動き回りたいなあ。

「今日は何をしていたんだい?」

メインディッシュの鴨《かも》のローストを切り分けながらフランツ様が聞いてきた。

「先日、教わった、乗馬の復習をしました。障害物をいくつか越えられるようになったんですよ。あとは読書とピアノくらいです」

「そうか。機会があったら一緒に遠乗りでもしよう。だが、ずっと籠もっているのは少し退屈じゃないか? 友人を家に呼んだり遊びに行ったりしてもいいのだが」

「そうですね。ありがとうございます」

わたしは、ちょっと笑ってごまかした。

フランツ様と結婚して一ヶ月。卒業式からは四ヶ月と少しだ。ほとぼりが冷めたと言えないこともないけれど、わたしが派手な動きをすれば、すぐにまた騒ぎになるだろう。

アルトゥール様がようやく目を覚ましたのに、今度はフランツ様が悪女の毒牙にかかったとか、騙されているとか言っている人も多いようだし。

それとも……。

わたしはフランツ様の様子をそっとうかがった。


――そういう悪女を手なずけるのがいいって男性もいるんですよ。


結婚前にルチアが言っていたことを思い出す。

やっぱり……そんな感じを望まれているのかな。

フランツ様との新婚生活は思った以上に順調……というよりとても楽しかった。

彼は事あるごとに外に連れ出してくれるし、新しいことを教えてくれる。

元居た世界と比べると、ちょっとだけ古めかしい感じの道徳観というか男女観の残るこの世界では珍しいくらい、女性がいろいろなことに首を突っ込むのを嫌がらない。

むしろ面白がっているみたい。

それでいて、びっくりするくらい大切にしてくれるし、甘やかしてくれる。

好かれているんだろうな、とは思うし、わたしを気に入ってくれているんだとは思う。

夜も……三日と空けずに、そういうことをしているし。

頬が熱くなるのを覚える。昨夜も盛り上がり過ぎて、彼の背中を傷付けてしまったので。

心の距離とか身体の距離とかいうけど、身体の距離は近くなったのは確かだ。

ただ心の距離はあまり縮まっていない気がする。

遠いわけではないんだけど、彼が何を考えているのかまだよくわからない。

どうしてアルトゥール様に婚約破棄されたわたしに便宜を図ってまで、結婚する気になったのかしら？

アーベントロートの家の力をあてにされたのかと思ってみたけど、彼からはまったくそんな素振りはないし、調べてみても彼の側に特に困ったことはなさそうだ。

やっぱり見た目が好みだった？　それとももう少し……悪女らしいことをした方がいい？

わたしは思い切って言ってみた。

「それでしたら、孤児院や介護施設への訪問を再開していいですか？」

以前は毎月、日を決めて行っていたのだが、結婚を機に寄付は続けつつもしばらくお休みする旨を伝えていた。

フランツ様はうなずいた。

「かまわないが……それなら俺も同行したいな」

「子どもやご老人と遊んだり、歌を歌ったりするだけですよ？　施設職員に足りないものを訊いたり、子どもに欲しいものを訊いたりしますが」

「エリーゼも歌うのか？　ますます一緒に行きたい」

フランツ様は楽しそうに言う。

「でも……お忙しそうなのに」

「夏にあなたと長めの休みを取りたいから、少し仕事を詰めているだけだ。あなたと過ごす時間を減らす理由にはならないな」

「え……そうなんですか？　わかりました」

ちょっと驚きつつも了承する。

そんなことを考えてたんだ。とまどいつつもちょっと嬉しい。

とは言っても、やっぱりフランツ様はすぐには時間を空けられなくて、一緒に孤児院を訪問できたのは、それから五日後のことだった。

王都にある孤児院はなるべくすべてを回るようにしているが、今日はフランツ様とご一緒ということで、一番馴染《なじ》みがあり屋敷からも近い、教会に併設されているところを選んだ。

「あ、エリーゼ様だ」

「結婚されたんですよね。おめでとうございます」

「エリーゼ様‼　久しぶり～」

わたしが姿を見せると、人懐っこい小さい子たちは、わーと群がって、ぺたぺたと触ってくる。

少し成長した子たちは遠慮がちに離れているけれども、顔を輝かせて嬉しそうだ。

喜んでいてくれるといい。

「みんな元気にしてた？　今日はわたしの旦那さまから、お菓子の差し入れがあるわよ」

子ども達はわーっと、ひときわ高い歓声を上げた。

フランツ様に付いていた部下が、一つ一つ大きな袋に入ったお菓子の詰め合わせを子ども達に配っていく。

「一度に食べてお腹を壊したりしないでね。フランツ様にお礼を言ってくれる？」

「はーい。ありがとうございます！」

「ありがとうございましたあ！」

わたしが傍らに立っているフランツ様を示すと、皆、口々にお礼を言ったあと、興味深そうに言った。

「エリーゼ様の旦那さまって、王子様なんでしょう？」

「僕は、騎士団長だって聞いたよ」

「だから王子様が騎士団長なんだよ」

「え～何それすごい、格好いい～」

フランツ様は苦笑しながら頷いた。

「みんな間違ってはいないな。俺がエリーゼの夫で、王子で、騎士団長だ」

「ほらあ」

正解を言い当てた子が得意そうな顔をする。

「あ、だったら訊いてもいいですか。俺でも大きくなったら騎士団に入れますか？」

勇ましく手を上げる男子に、フランツ様は鷹揚にうなずく。

「ああ、年一回、入団試験があって平民にも門戸は開かれている。十六歳になって、腕を磨いて自信をつけたら挑戦してみるといい」

やったあ、と、主に男子の方から歓声が上がり、さらに誰かが口を開く。

「あの、あの、僕ら集まって剣の練習をしているんです。少し見てもらえませんか？」

「こら、図々しいぞ」

「かまわない。俺は離れられないが、そういうことだからちょっと稽古を付けてやれ」

フランツ様は護衛の部下二人に指示して男の子達の相手をするように命じた。

部下の人達も、無邪気な男の子たちに憧れの目を向けられ、満更でもない様子で彼らを率いていく。

「フランツ様は……」

わたしは首を傾《かし》げた。

「あなたの歌を聴く約束だろう？」

覚えていてくださったの……。

言い出したのはわたしだったが、改めて言われると少し恥ずかしくなった。

わたしはなんとか心を落ち着かせて、孤児院に一台だけあるピアノに向かった。それから皆で一緒に歌を歌ったり、おやつを食べたりして過ごした。

小さい子たちがお昼寝の時間だとシスターに別室に連れられていった後、年長の……十歳から十五歳くらいまでの子が、ノートやら小さな箱を持ってわたしを取り囲む。

「これは何が始まるんだ？」

フランツ様が首を傾げ、面白そうに訊いてくる。

わたしは若干、得意気に彼に紹介した。

「フランツ様も是非、ご覧になってあげて。進路の相談です。カール、この間の研究の成果をフランツ様に簡単に紹介してくれる？」

「はい！　寒冷地に強い植物の研究なんですが……」

眼鏡をかけた男の子が嬉しそうに説明をしてくれる。

この子は植物とか実験が妙に好きだったので、前世でうろ覚えの遺伝の知識とかメンデルの実験のことを話してあげたら、嬉々として自分でやりはじめ、成果をあげてしまった。

孤児院の裏手にある小さな畑で拙いながらも植物の品種改良を行っている。

他にも刺繍《ししゅう》が得意な子、料理の才能がある子。ともかく体力がありあまって元気な子……といろいろな子どもがいる。

アーベントロート家の令嬢の慣習として孤児院の訪問を始めてから、わたしがさらに彼らの助けになるよう思いついたのは、こんなふうに、進路指導をすることだった。

孤児院に十分な援助をして、支援については信頼できる管理者に任せ、定期的な報告を義務づける。それだけで、そこで育つ子どもが子どもである間は、不自由のない生活をおくらせることはできる。

問題は十五を越えて独り立ちが義務付けられてから。

なんとか一人でお金を稼いで暮らしていけるようになったからといって、この子たちは、職場が潰れるとか自分が病気をするとか、不測の事態が起こったときに頼れる親や親族を持たない。

孤児院に救いを求めることは勿論《もちろん》できるだろうけど、孤児院だって次々にやってくる新しい子を受け入れるのに手一杯で、既に独り立ちした子の面倒はそうそうみられないのが現状だ。

だからこその進路指導。

一人一人の希望や得意なものを聞いて、お金になりそうな研究をできる子や、才能がある子をふさわしい進路に進めるよう補助金を出す。

それほど突出した能力がない子でも、その子の希望に応じて、優しい主人の居るお屋敷に住み込みができるようにしてやり、良い職人さんの弟子になれるよう斡旋《あっせん》する。

そうすることで子ども達の進む先を気にかけ、調査して記録する意義を高めていく。

進路のことは、なるべくわたしが直接聞くけど、困ったことや相談があるときに連絡が取れ、臨機応変に対応できる窓口的な係も作った。交替制でいつも一人は居るようにしている。

「年収が五百万セーガルを越えたら、負担のない範囲で、毎年数万ずつこちらに返してくれることになっているんです」

「五百万？　それはかなり難しいんじゃないか」

二十代くらいの平民だと、年収は三百万あればいい方だ。

「ええ。だからこの先、本当に余裕があったら、でいいんですよ。でも皆、できる範囲で恩返しがしたいって情報を持ってきてくれたり、身に付けた技術を提供したりしてくれます」

「ははあ」

フランツ様は、合点がいったようにうなずく。

「あなたが孤児達に恩を売って自分に都合がいい手駒にしているという噂はこのことか」

「否定はできません」

わたしはうなずいた。

最初は本当に善意だった。

ただ将来のための資金援助をしたり、縁故を紹介したりしてあげるうちに、どうしてもお礼がしたいという子が多かったから冗談めかして言ったこと。

無償の善意がいつ気まぐれに切られるかわからないのが不安なら、こちらにもメリットがあるからと励ませばいい。

『あなたが偉くなれば、わたしにも利益があるの。まだひよっこのうちに無理されるより、出世してちゃんとしたお礼ができるようになってから返してくれれば助かるのよ……』と。

けれど、子ども達が院を出て行ってからも頻繁にわたしに手紙をくれたり、窓口に相談に来たりしているところをみて、拠《よ》り所になっている面もあるのだなと気付いた。

実家の代わり、というか。自分が立派に成長したことを報告できる場所。

初任給で親にプレゼントを買う感覚かしら。

とは言っても、始めたばかりのものなので、援助をした子で独り立ちしているのなんて、まだ数人なのだけど。

二人ばかり、ちょっと優秀な子がいて、妙にわたしに感謝を寄せてくれるもので、変な評判が立っちゃっているのよね……。

わたしはフランツ様を見た。

「やっぱりさもしいと思いますか？　貧しい者への喜捨に見返りを求めるなんて」

少し緊張しながら尋ねる。

フランツ様がわたしに何を求めているのか。

それがわからなくて、悩んだ末の結論は『ありのままの自分を見せるしかない』だった。

婚約破棄を目指して、人の噂とか勘違いを利用した結果、悪役令嬢みたいに言われるようになったけど、実際には特に悪いことはやってない。

けれど、わたしの外見だけを見た人が褒めそやすような聖女でもない。

わたしはわたし。

孤児達のことを考えるなら、余裕がある者が余裕があるときに気まぐれに与えるだけじゃなく、有望な子に投資し、将来成功した子がまた次の世代の子に還元するような仕組みを作っていけたらなと思ったのだけど。

その発想自体、ありえないものだから批判されるのかな、と思っていた。

自分から悪い噂を捏造したりもしていたけど、自然発生的に悪く言われることの方が多かったから。

子ども達への支援についてもそう。

持てるものが与える。それはそれだけで完結するもので、いくら儲《もう》かろうが出世しようが、お礼など受け取るべきではないのだと。

「いいや」

フランツ様は首を振った。

「食べるのに困っているものに食べ物を与え、寝床のないものに寝床を与えるのは純粋な施《ほどこ》しだろうが……。未来のある子どもに道を示して『恩返しがしたければできる』と人として生きる喜びを教えることを、見返りを求める行為とは思わないな」

そう言いながら、周囲に集まっている子ども達を見回す。

「何より子ども達が楽しそうだ」

たしかに、みな、王子様であるフランツ様に話を聞いてもらえるのが嬉しくてたまらないらしく、いつにもましてキラキラしている。

「そう言ってもらえると、嬉しいです」

わたしは微笑んだ。


それからフランツ様を交え、子ども達の成果を聞いたり進路の相談に乗ったりした。

騎士団への入団やその他王宮関連の仕事などはフランツ様が詳しいので助かった。奨学金の制度なども、彼の方がよく知っている。

「エリーゼを見習って、騎士団に入りたい子どもに訓練をつけてやるのもいいかもしれない」

　フランツ様が、さっき子ども達に訓練を付けてくれていた護衛の騎士二人を見て言う。二人ともうなずいた。

「確かに。なんというか気迫というか熱意を感じます。実際、見込みがありそうな子もいたし、いいと思いますね」

「騎士団入団までは無理でも、街の自警団や辺境警備等に就職するにも有利ですし、やる気がある子に教えて損はないかと」

　フランツ様はしたりとうなずいた。

「よしわかった。二人とも今日のことをレポートにまとめて、騎士団の者が交替で定期的に孤児達に訓練を付けてやるように提言しろ。何日ごとで何人くらいなら人員が割けるとかシフトの組み方も考えること。二人で話し合って決めてもいいぞ」

「えっ……」

　二人とも、反抗はしないものの、傍目《はため》でわかるほど顔を引《ひ》き攣《つ》らせた。レポートは苦手らしい。

「特別手当てはつけてやる」

　フランツ様が言うと、ぱっと顔を輝かせる。わかりやすい。

「あの……」

　彼らの話を聞いていたらしい十歳くらいの女子が手を挙げた。

「その稽古がもし実施されるようになったら、女の子も参加してはダメですか。わたし剣を習いたいです」

「わたしも……」

おずおずとパラパラと女の子から手が挙がる。フランツ様は少しびっくりしたようだがすぐにうなずいた。

「なるほど女の子もか！　我が団に女性騎士はいないが、他国で見たことはある。女性しか入れない場所もあるし、需要はあるかもしれんな。よし、いいだろう。だが遊び半分ではいけない。真面目にやるんだぞ」

「もちろんです！」

稽古希望の女子達はわっと手を取り合って喜んでいた。


「さあ、次は何処《どこ》へ行く？　今日は一日、あなたに付き合うつもりだ」

孤児院のシスター達にも問題はないかと話を聞いた後、馬車の中でフランツ様に張り切った様子で聞かれてわたしはとまどった。

「次って……今日はこれで帰るつもりでしたが……」

一度に複数の施設を回ることはあるが、その場合、こんなにいろいろとは詰め込まない。

今日こんな風に一箇所ですべての流れをこなすように予定を立てたのは、フランツ様に、あるがままのわたしと子ども達を見てもらうことが目的だったから。

「でも、フランツ様がそのつもりなら……一度、屋敷に戻って着替えてもいいですか？　お忍びで街に行ってみたいです」

「いいとも。でも忍ぶのが目的なら帰る必要はないな」

フランツ様はパチリと指を鳴らした。わたしと彼の服と髪の色が一瞬で変わる。

二人とも平民っぽい格好で、わたしは茶色の髪、フランツ様は黒髪だ。

姿替えの術。

そういうのがあるのは知っていたけれど……。

「すごい」

わたしは腕を持ち上げて、しげしげと自分の服装を眺めた。

ブルーグレイの装飾の少ないドレスは、ごわごわとして固い布地に見えるけれど、肌触りはいつも着ている物と同じ上質なものだ。

「ただの目くらましだから、本当に変わっているわけではないよ」

襟元を寛《くつろ》げたゆったりした白いシャツにベスト、革っぽいズボンのフランツ様が言う。

足を組んだりして、少し行儀が悪いのも見た目に合わせているのだろう。

「ええ。でも……こういう術は、もっと不安定なものかと思ってました」

幻惑で惑わしたり、一見、別人のように見せたりする技はある。

でもそれは普通もっとふわふわした感じで、魔法の素養があってそうと知っているものが見ればすぐに解けてしまう、というのが通説だ。

でもフランツ様のそれは、変えられていると知っているのに、本当の姿が見えてこない。

魔法の気配も感じ取れないから、生半可な術者では絶対に見破れないだろう。

わたしも、もし何も知らないですれ違ったら魔法が行使されていると気付けないと思う。

フランツ様はちょっと自嘲気味に笑った。

「実は俺はこういう目くらましとか、相手に魔法を気付かせないような遮断が得意なんだ。あまり王子や騎士団長にふさわしくなくて、かっこつかないが」

「そんなのにふさわしいとかふさわしくないとかないでしょう……それに、凄く便利ですわ」

わたしはちょっとわくわくしながら言った。

こんなことが簡単にできたら、もっと庶民が居る場所に隠れて遊びに行ったり、敵対する勢力の領地に潜入したり、やりたい放題だろう。

正直、羨《うらや》ましい。

「目が輝いているな」

フランツ様は、わたしを見つめながら首を傾げ、面白そうに笑った。

「これが何に使えそうか、いろいろ考えている顔だ」

「……！」

図星だったので、わたしは赤くなった。

どう言い訳しようか考えているうちに、フランツ様は御者に声をかけて、街に向かわせる。

「馬車も偽装するのは面倒だ。町外れに停車させて、あとは歩きでいいか？」

「大丈夫です。わたしもよく……」

言いかけて、はっと口を閉じた。危ない危ない。

「よく、お忍びで来ているんだろう？　変装の用意もひととおりあるような口ぶりだったが？」

しかし、フランツ様にはお見通しのようだった。

「それは……その」

彼は町娘の格好をしているわたしの腰を抱き寄せ、隣にぴったり寄り添うようにさせながら言った。

「取り繕わなくていい。言わなかったかな。俺は生き生きと過ごしているあなたが好きなんだ」

「すっ……」

気に入られているな、とは思っていたけれど……。

直接言われたのは初めてでわたしは赤くなる。

「だから何も隠すな。あなたがしたいように動いて、したいことを教えてくれればいい」

わたしはフランツ様の顔を見た。いつもどおり優しそうに微笑んで、少し面白がっているようにも見えるけれど、ひどく真剣な瞳。

わたしはおずおず問いかけた。

「フランツ様は、わたしの何を知っているのですか？」

曖昧な問い方だけど、そうとしか言いようがない。

あなたが好きだと言うのは、清らかな聖女と呼ばれるわたし？

それとも実は腹黒で、陰険な悪女とささやかれるわたし？

彼はやや困ったような顔をした。

「そうだな……名門の公爵令嬢で、女神のように美しく、心優しく、礼儀作法も完璧な、淑女の中の淑女……だとは思っているのだが」

――だが？

大きな手に、腰を持ち上げられて膝の上に乗せられる。

「それ以上に、何が飛び出してくるかわからないびっくり箱のような、けれどとても可愛い女性《ひと》だと思っている」

「びっくり箱……ですか？」

思ってもみないことを言われて、わたしはきょとんとした。

「ああ。欲を言うなら俺には隠さずにすべてを見せてほしいかな。今みたいに」

さらりと難しいことを言う。

「そんなことして、引きません？」

フランツ様は片眉をあげた。

「さあ、それは見せてもらわなくてはわからない」

わたしはむぅっと考え込んだ。

期待されているなら驚かせてあげたいけど、引かれて嫌われるのはやっぱり嫌だ。

「驚きはしても、嫌ったりするものか」

フランツ様はあっさり言った。

何も言ってないのに心を読まないでほしい。

顔には出さないまま、だけど内心少しうろたえているわたしに、彼はちょっとだけ意地悪そうな顔で微笑んだ。

「俺がどれだけあなたのことを好きかは、おいおいわからせてあげよう」

やけに色っぽい流し目で言われたけど、特にときめいたりは……実はしちゃいました。


フランツ様の真意は結局聞けずじまいだった。

けれど、なんとなく方向性は掴めたので、わたしは安心して羽目を外すことにしました。

なんてちょっと嘘。

街が久し振りで浮かれていたところはある。婚約破棄からの電撃結婚の準備やら何やらで、お忍びとかやっている暇がなかったので。

しかも理解のあるフランツ様が一緒だ。

女一人でふらふらするより、断然頼もしいし、同行者がいる楽しさもある。

わたしたちは大道芸を眺めたり、街で一番大きな雑貨屋で文具を物色したりと、しばし散策を楽しんだ。

「見てください。あれ。アメ細工ですって！」

露天で行商らしい職人が、アメを加工して、器用に動物やら花やらの可愛らしい加工品を作っている。

「お嬢さん、びっくりするような美人だねえ。一つどうだい？　安くしとくよ」

「本当に？　おじさん、ご親切にありがとう！」

髪が茶色くなっても、顔立ちは変わらない。

正直、容姿を褒められるのは大好きだ。

わたしが気をよくして愛想を振りまくと、気のよさそうな職人は本当に定価の半額で、小さな白ウサギを一つ作ってくれた。

財布を取り出そうとしてはたと気付く。

今日はお忍び用の変装ではないので、そんなものは持っていなかった。

ちょっと困ってフランツ様を振り仰ぐと、彼は涼しい顔でポケットから小銭を取り出し定額の五倍くらいの額を払った。用意がいい。

「妻を褒めてくれた例だ。釣りは要らない」

「へ？　つ、妻？　あ、ありがとうございます。いやあ、べっぴんさんの旦那はやっぱり色男だ。参った参った」

フランツ様の無言の圧を感じたのか、アメ細工のおじさんはちょっと緊張したようにぺこぺこと頭を下げながら、お金を受け取っていた。

うーん、せっかく安くしてもらったのに。

貴族だからって、節約できるお金を使うのはよくないわ。

わたしの抗議の視線を感じたのか、フランツ様は困ったように笑いながら、わたしの耳元に顔を寄せてささやいた。

「店の主人じゃなく、俺があなたに贈りたかったんだ。負けてもらっては意味がない。ここは許してくれないか？」

「そ、そういうことなら、まあ……」

不承不承というふうを装ってうなずいたけれど、正直、かなり嬉しかった。

フランツ様からは結婚前にも後にも、いろいろな贈り物はもらっているけど、こう、目の前で買ってもらうのって別物じゃない？

わたしは、横に並んでいる彼を見た。

平民のシンプルな格好に見せかけても、彼はとびきり格好いい。

むしろ黒髪のせいか、ラフに着たシャツから見える首筋のせいか、いつもより色気が三割増しくらいになっている。

わたしは買ってもらったウサギのアメを左手に持ちながら、自分の右手とフランツ様の左手を見比べた。

平民のそんな習慣なんて、知らない……わよね。

前世でちょっと憧れたりもしてたけど……こっちの世でも街の人がやっているのはよく見る。

でも貴族は、エスコートされるときに腕を組むくらいがせいぜいだ。

挙動不審のわたしに気がついたのか、フランツ様がふっと笑って、手を差し出してきた。

わたしの手を包み込むようにしてから指を絡めて、痛くはならない程度にしっかりと握ってくれる。

し、知ってた――！

わたしは赤くなった。

胸がきゅうっと痛むような切ないような気持ちになる。

正直……かなり、ぐっときてしまった。

もうこんなんじゃない、凄いことを何度もしているんだけれども！

そもそも夫婦だし。

でもでも、成り行きだし、貴族の義務だし、切羽詰まったところの起死回生の手段だったしで、とにかくどさくさだったから、なんだか……。

改めて、好きだなあ、と思ってしまったのだ。

たった今、急にってわけじゃなくて、少しずつ積もったものが、臨界点を超えてしまったみたいな感じ。

王子様だとか、追い詰められたときに現れた救い主だとか、そういうのとは関係なしに。

傍らに立って、手を繋いでくれる、この男性がいいなと思えた。

この人に、こうしてずっと一緒に手を繋いで歩いてほしい。

本当のわたしを見て、好きだと言ってほしい。

たぶん、こんな気持ちを……恋と言うのだ。

「あなたの手はやはり小さいな。すべすべでとても気持ちがいい」

彼がわたしを見て、快活に笑った。

そんな笑顔にも……すごくドキドキする。

「フランツ様……わたし……」

彼の横顔を見上げながら、今更？　とか、こんなところで？　とかもうどうでもよくなって、いろいろすっとばして、告白しそうになったときだ。

ガシャーン、と、何かが壊れる音と、さらに大きく重いなにかが倒れる音がした。

わたしはフランツ様と顔を見合わせ、何事だろうとそこに行ってみることにする。

人だかりをかき分けて目にしたのは、通りの端で、占いをしていただろう老婆の台が引き倒され、小銭と水晶玉の破片があたりに散らばった、ひどい現場だった。

老婆も一緒に倒されたのか、すぐ横で地面に蹲《うずくま》っている。

中年の婦人が心配そうに助け起こしているけれど、それにもかまわず仁王立ちで怒鳴り散らしている大柄の男の声が、とても耳障りだった。

傭兵《ようへい》だろうか。腰に剣を差して革の胸当てを付けている。

腕っ節は強そうなので、周囲の人間も止められないようだ。

「ふざけんじゃねえ。これから戦いに行こうってのに乱暴は慎めとか、でないと凶事が起こるとかどういう了見だ。もっと景気がよいことが言えねえのか、このインチキババア！」

「……わたしは……出た結果のままを言っただけで……」

「ああ？　もういっぺん言ってみろ」

どこかで切ったらしく血の出る額を押さえながら、老婆はぼそぼそと反論する。だがそれは逆効果だ。男は逆上して、さらに老婆につかみかかろうとした。

「……度しがたいな」

フランツ様が怒った顔で、腰に手を掛ける仕種《しぐさ》をする。

平民に偽装した今は見えていないけれど、元々は軍装で帯剣していたからそれを出そうと言うのだろう。けれど魔術の法則的に、見えないものを見える状態にすると、それに連動した偽装は、全部解けてしまう。

ここに居るのがフランツ様だと知られたら、こちらに非がなくても大事になるのは目に見えている。それはちょっと嫌だった。

「待って」

わたしはフランツ様の腕に触れた。

「待ってください。わたしに考えがあります」

そうして彼にそっと耳打ちする。フランツ様は「それは」とか「危なくないか」と言っていたが、わたしは強く言って押し切った。

「押し問答をしている時間が惜しいです。お願い」

「……わかった」

わたしを気遣いながらも物陰の方に走っていく彼を見送り、わたしは男と老婆の間に割って入り、故意に声を上げた。

「お止めください！」

エリーゼのそれは、鈴を振るような声、と形容されたことがある。

ゲームでは一種の催眠か、それに似た効果があるのじゃないかという推測をされていた。

彼女にうっすら疑いを持っていても、その声を聞くと判断が鈍ってしまう、という描写があちらこちらにあったので。

そんな大層なものではないけれど、魔法に詳しい人によるとささやかな魅惑の効果があるらしい。家系的に、自然の力を借りる精霊系の魔法の遣い手だからその副産物だろうと。

ともかく、ちょっとの間、人を惑わすには十分だ。

「おばあちゃん、ああ、おばあちゃん、大丈夫？　しっかりして」

わたしは、得意の嘘泣《うそな》きをしながら、老婆にすがりついた。びっくりしてとまどっている老婆と中年の婦人に、調子を合わせてくださいと、ささやく。

懐からハンカチを取り出して血のにじむ老婆の額に当てながら、潤んだ目で男を見やる。

「ひどいわ。どうしてこんなひどいことをなさるの……」

泣き顔を美しく見えるようにする角度は随分、研究した。

王子であるフランツ様はともかく、一般市民の間で、わたしの顔は知られていないので、ただ見た目だけで勝負できるはず。

それに声の魔力を乗せれば、時間稼ぎにはなる。

「……悪かった。ちょっとやりすぎたか……？」

男はわたしの顔を食い入るように見ながら、ぼそぼそと言い訳めいたことをつぶやいた。

わたしはそっと男の腕に触れる。

「祖母はずっと占いだけで生きてきたのです。言葉を取り繕えないのは申し訳ありません。けれど、あまり乱暴なことはしないでください」

「あ、ああ、わかりゃいいんだよ。わかりゃ……それよりお前……いい女だな」

男は曖昧にうなずきながら、わたしの腕をぐっと自分から掴んだ。

「えっ……」

わたしは、男の顔と腕を交互に見ながら怯《おび》えた様子をあえて周囲に見せるようにする。

ざわりと、遠巻きに見ていた人たちが動揺するのがわかった。

「お前の祖母が、占いで酷いことばかり言うから俺は傷付いたんだ。孫だっていうならお前が慰めるのが道理ってもんだろう。なあべっぴんさん？」

男はわたしの顔に顔を近づけ、舌なめずりをせんばかりの顔で笑う。

「な、なにを……するの。やめてください」

「うるせえな。つべこべ言わずに付いてくりゃいいんだよ」

男は乱暴にわたしの腕を引っぱり、どこかに連れて行こうとする。

わたしは怯えた顔で、周囲の人たちを見回した。

「いや……いやです。助けて……誰か」

意識して声を使う。

あちこちに視線を走らせ、そこそこよい体格をしている中年の男性に狙いを定めた。

「お願いです。助けて……！」

ひたりと彼に視線を据えて言う。

ひゅっと彼が息を呑んだ。無意識のように一歩、前に乗り出してくる。

「や、やめてやれ！」

「ああん？」

男が剣呑《けんのん》な目を彼に向けた。中年の男性は怯えながらも、なおも続ける。

「あんたが自分で占いを求めて、その婆《ばあ》さんはそれに応えただけだろう？　それなのに乱暴して。あげくその身内の娘さんにまで手を出すなんて、滅茶苦茶もいいとこだ」

そうだそうだ……っと、ようやく人の輪から声が上がり始める。

元々が多勢と一人なのだ。団結すれば打ち勝てるはず。ただ皆、男の乱暴さを恐れて一歩が踏み出せなかったに過ぎない。男は初めて少し怯んだ様子で辺りを見回した。

最初の優勢さはなくなっている。

「うるせえっ！」

男はわたしの手を離し、らんらんと光る眼で、最初に声を上げた男性の方に目を向けてすごみ始めた。

「いい度胸だな。俺にそんな口を利いて、ただですむと……」

「そこまでだ」

そのとき凛《りん》とした声が入ると同時に、帯剣している黒髪の青年が現れ、男を中年の男性から引きはがしたかと思うと腹に拳を叩き入れ、あっさりと地に転ばした。

周囲にどよめきが起こる。

わたしは目を見開いた。

フランツ様だ。

わたしが時間稼ぎをしている間に、街に詰め所があるはずの騎兵隊を呼んでくれるように頼んだのだけど、物陰で剣を取り出し、また偽装魔法をかけ直して出てきたらしい。

髪の色を変えただけのさっきよりも念入りな術で、一見、普通に見えるけれど、目を逸《そ》らしたとたん、顔がよく思い出せなくなるようになっている。

「ぐっ、ぅ……なんだ、てめえ……」

「動くな」

フランツ様は剣呑な声を出し、呻《うめ》きながらも起き上がろうとする男をさらに蹴飛ばして大人しくさせると、腹を足で押さえつけながら、周りに声をかけた。

「誰か縄を持ってきてくれるか、じきに騎兵隊がくるはずだ」

「もう。危ないことはやめてください」

ほどなく何人かの騎兵が駆け付け、皆が騒ぐ中、わたしとフランツ様はこっそりと抜け出して馬車に戻った。

「騒ぎを大きくしたくなかっただけで危険なことはないよ。それよりも」

フランツ様は馬車に入ると、すぐに偽装を解き、わたしの手を掴んで確認しだした。

「少し赤くなっているじゃないか。あのような男に触らせて……」

「大げさです。一時間も経《た》たないうちに消えますわ」

それよりフランツ様に、じっくり見られて撫でられている方が恥ずかしい。

「誰だろうが、あなたには指一本触れさせたくないんだ」

フランツ様はじっくりわたしの手を検分した上で、手の甲にそっと唇を落とし、ようやく満足したように放してくれた。

「すまない。あなたがどのように対処するか知りたくて、ちょっと様子を見ていた。今は後悔している」

「あ、やっぱり、そうでしたか」

少しそんな気はしていた。彼が本気で対処したならもっと早いと思ったので。

たいした危険はなかったから問題ない。

「それより……呆れませんでした?」

清楚系悪役令嬢エリーゼ。

悪いことをした覚えはないけれど、さっきみたいなのは、彼女のやり方に沿っている。

美しさ、可憐さで人を惑わし、時に同情を引いて周りを動かそうとする技。

自分の手は汚さない、とか決めているわけではないけれど、アルトゥール様とかレオナのような真《ま》っ直《す》ぐな性分の人たちには卑怯《ひきょう》に映るだろう。

フランツ様は、面白そうに目を瞬いた。

「何故だ？」

「何故って……」

「あなたは男が老婆を傷付けようとするのに自分の身も顧みず割って入った。声に多少の魔力はあるようだが人を完全に操れるほどではない。やめてくれと訴えるのも、周囲の人間に助力を求めるのも当然なことだ」

「でも……」

わたしは人がどう動くかを計算した上でそうしているのに？

「人を観察して、適材適所を弁《わきま》え、動かそうとするのは、支配階級には当然の技術だ。アルトゥールなどは無自覚にやっているようだが、無自覚なだけでそういう手段を取らないわけではない。あなたが気にする必要はない。むしろよくやった」

「………」

抱き寄せられて、頭を撫でられる。なんだかくすぐったい。

「だが……触らせるのはよくない」

フランツ様が尖った声を出した。

あ、それ、まだ続いてたのね。

わたしは呑気に思ったけど、フランツ様は面白くなさそうに言う。

「下卑た意図で触れられるだけでも耐えがたいのに、あなたの腕に跡を残させるなどありえない」

「だからすぐに消えますって……」

わたしの抗議など気にせずにフランツ様は合点がいったとばかりにうなずいた。

「さっきは急すぎて難しかったが、今度あんなことがあったら、絶対にあなたの側を離れないようにしよう」

「大袈裟です……」

わたしは苦笑しかけたがふと気付いて聞いてみた。

「危ないことをするな、とは言わないんですね」

「……言って大人しくするようなあなたでもないだろう？」

また意味深な微笑み。

うん。これは間違いないわ。

わたしは本日二度目になる質問をした。

「わたしの何を知っているのですか？」

彼は今度はごまかさず、人の悪い笑みを見せた。

「……そうだな……俺が初めてあなたを見かけたときだが、あなたは遠隔通信の術玉に向かって、学院の食堂で不正を働いていたらしい業者を排除する相談をしていた」

「え……」

わたしは硬直した。心あたりがなかったからではない。

むしろ大ありだ。

あるときを境に、学院の食堂の食事の質が急に下がったのに不満を持ち、ルチアに調べてもらって元凶――元の業者を乗っ取って中抜きしていた悪徳業者――がわかったので、ルチアの実家と手を組んで、とっちめた……覚えはある。

そもそもの乗っ取りが、偽の証文をでっちあげてありもしない借金を仕立て上げ、とかいう悪質なものだったので、わりあい楽に片付いた。

乗っ取りにあったのは小さな業者だったので、一から立て直すのも難しく、ルチアのとこに吸収合併のような形に落ち着いたけど、元々が経営下手で、そうしてもいいなら料理に専念したい、みたいな人たちだったので、お互いによかったみたい。

今ではルチアの商会の社員食堂のような部署も請け負っていて、商会の人たちに食の質が向上したと感謝されたりもした。

「『ともかくバーッといって、ガンってして、派手にやっちゃってよ』……だったか、とても楽しそうだった」

「うっ……」

渦中で口にしたかもしれない、とても人には見せられないし聞かせられない悪乗りしたセリフを繰り返され、わたしは首をすくめた。

今更どうにもならないと知りながら、胸の前で、手を祈るように組み合わせてフランツ様を見つめる。

「それ、忘れてください……って言ってもダメですか？」

フランツ様は首を傾げる。

「それはできない相談だな。俺はあのとき、あなたに一目惚《ひとめぼ》れしたのだから」

「へ……？」

わたしはきょとんとした。

今の話に、一目惚れされるような要素は何もないと思うのですが？

「言っただろう。とても楽しそうだった。俺はそういうあなたに惹かれた」

フランツ様は愉快そうに言いながら、わたしの頬に手をあてた。

「聖女とは違う。けれど、見せかけだけの悪女でもない。しいていえば猫をかぶっている？　と言えばいいのか？　とにかく生き生きして魅力的だった」

「フランツ様……」

「こんな女性が隣に居てくれたら、ずっと一緒に笑って過ごせそうだと感じて、自分まで楽しくなったんだ」

彼の麗しい顔が近付く。わたしは目を閉じた。

温かい唇が重なる。

「んっ……」

そのまま抱き寄せられ、たくましい腕に包まれながら、わたしは少しだけ違和感を覚えていた。

取り繕わないわたしを好きだと思ってくれるのは嬉しい。

だけど、フランツ様の言葉の端々には何かを諦めたような気配があった。

自分がそこまで楽しくない分、自由にできない分、わたしを見ていたい、というような。

高貴な身分に生まれて、実家の後ろ盾もあって、美しくて能力もあって、こんな……申し分のない人なのに。

どこかに屈託を抱えている……それはどうして？


「あ……ん」

屋敷に帰って、その夜はいつになくしっとりと抱き合った。

うつ伏せに寝かされ、フランツ様が、うなじから背中にかけて、ゆっくりと口づけていく。

髪にいたずらに指を通され、確かめるように何度も梳かれて、わたしはびくびくと震えた。

「本当にあなたは、爪の先まで美しいな」

「やっ……」

足の先まで下りていったフランツ様が、わたしの脚を持ち上げてつま先にキスをする。そのまま指を一本一本口に含まれて舐め回された。

「いや……です、それ」

「本当に？」

「もうっ」

彼の力が緩んだ隙に、正面に向いて、彼の首に手を回す。そのまま首の付け根あたりに、ちゅうと吸い付いて、歯を立てた。

「んっ……」

フランツ様が小さく声を出すのに、慌てて口を離す。

「痛かった、ですか？」

甘噛みのつもりだったのだけど。

「いいや？　ちょっと気持ちよかっただけだ。あなたに印をつけてもらって」

フランツ様が、ずいっと身体を近づけてきて、わたしが噛んだ跡を見せつける。

キスマークはなかなかうまく付けられないけれど、そこは小さく赤くなっていた。

でも気持ちいいってそんなさらっと……照れた様子もなくて余裕の様子が悔しい。

わたしがむっとしたのがわかったのか、彼は笑いながら、わたしをまたベッドに沈めた。

「悪かった。機嫌を直してくれ。もっと真面目にやる」

「真面目って、そういう意味では……あんっ」

顔を埋められて、ダイレクトに胸の先を吸われて、強烈な刺激に身体が跳ねる。

「あなたはこうされるのが好きだね……。たくさん感じるといい」

フランツ様が乳房を揉みながら、指でも乳頭を弄る。唇を落として、胸全体に花びらを散らしていく。

「少し大きくなったかな」

「やっ……あ……」

ぴくぴくと身体を跳ねさせながら、身体を捩ると、フランツ様の頭がだんだん下りていった。

お腹を撫でて、そこにある窪《くぼ》みにもそうっと指を這わせる。

「んっ……」

思いもかけないところに感じて、変に甘い声がもれた。フランツ様は気をよくしたように、そこに舌を入れてくる。

「あ、だめ、そんなとこ……」

「怖がらなくていい。あなたはどこもかしこも美しい……」

柔らかい舌に、皮膚の薄いところを舐められるのは、気持ちがよかった。

というより、彼に触れられるところすべてが、性感帯に変わっていくよう。どこもかしこも気持ちよくなってしまう。

こんなんで、わたし、大丈夫なのだろうか。

「ああ、可愛いな。もっと感じて……」

さんざん焦らされ、感じさせられてもみくちゃにされて、意識を失ったのはわたしの方が早かったけれど、夜中に喉の渇きを感じて目を覚ますと、横でフランツ様が寝息を立てていた。

わたしの腰に手をあてたまま、ちょっと満足そう……美味《おい》しいエサをたらふく食べてお腹いっぱいになった猛獣みたいな顔だ。

この場合のエサは……わたしよね。

あらぬことを考えてしまってちょっと赤くなる。

滅多《めった》に見られないフランツ様の寝顔は彫刻みたいにキレイだけど、起きているときより幼く見えて、ちょっと可愛かった。

わたしは彼が目覚めないように、そっと髪に触れ、飽かずその顔を眺める。

今日はいろいろなわたしを見てもらったし、いろいろな彼を見た。けれど、まだまだわかっていないことが多い気がする。

わたしはひそかに握り拳を作った。元々困難な案件に対峙《たいじ》すると燃える性質である。

好きな人のことだもの。フランツ様が語らないことも探ってみせましょう。


「そこでしおらしく、もっと旦那さまを支えよう、とか愛されよう、とならないのがお嬢様ですよねえ」

朝の身支度を手伝ってもらいながら、昨日の話をしつつさらなる目標を伝えると、ルチアに呆れた顔をされた。

「内情もわからないのに、支えよう、って精神論ぶちあげても仕方ないでしょう？」

「そこはそれ、本人が語ってくれるまで待とうとか……」

「甘いわね、ルチア」

わたしはちっちっちっちと、指を立てて、横に振った。

「フランツ様は今、何かに悩んでいるとか、不満があるわけじゃないのよ。何かを諦めているの。解決を求めているわけじゃないから、待っていたら、いつまでもわたしに語ったりしないわ」

ルチアは首を傾げる。

「そういうもんですか」

「そう。だからこちらから探らないとダメなの」

「まあ……おっしゃりたいことはわからなくもないです。じゃあどのようにしますか？」

「まずフランツ様の実家だわねえ。いえ、お母さまをあたってみるべきかしら」

わたしは、うーんと考える。

義理の母になるとはいえ、フランツ様のお母さまは正式な側室……つまりは王妃様に次いで高貴な女性だ。結婚の際にご挨拶はしたけれど、それほど気安く訪ねられる間柄ではない。何か口実を用意しないと。

あ、そうだ。

「例の付け爪の試作品。そろそろできるって言ってたっけ？」

「あ、はい。明日にでも行ってもらってきますよ」

「少し多めにいただいていい？　ちょっとシルヴィア様に話を持ち掛けて興味を持たれるようなら訪ねていく口実にさせてもらうの」

「了解です。だいぶ調子が出てきましたね」

言いながらルチアはふっと笑った。

「お嬢様はそうやって、悪だくみをしているときが一番、お綺麗ですよ」

わたしは口を尖らせる。

「失礼ね。悪だくみなんてしてないし……まあ、褒められたのだと思っておくわ」

「もちろん、褒めてますとも。話は変わりますが、レオナ・ハーツ——いまはムジーク侯爵令嬢が階段から落とされた件ですが……」

「何かわかったの？」

わたしは姿勢を正した。それはずっと前から気になっていたのだ。

「目撃者が居ました。お嬢様に申し訳ないと言っています」

「……」

意外にも思える情報を聞かされて、わたしは目を細めた。

第三章　正ヒロインにはわからぬ苦労

フランツ様は今日も騎士団長としての仕事に出かけていった。

一緒に摂《と》った朝食の場で息子である彼にも了承を取ってから、わたしは側室のシルヴィア様に『珍しいものを見せたいので訪ねたい』という手紙をしたためた。

それが午前の話。

午後は侯爵家のコレットのお招きに応じて、彼女の家に遊びにいく。

一緒に招かれている伯爵家のローズマリーと、招待してくれたコレットは、数少ないわたしの学院での友達だ。

二人とも古い家柄の、おっとりしたお嬢様育ちではあるけれど、周りの噂に左右されずにわたしを見てくれる人たち。

例の婚約破棄の直前、わたしの評判がとても落ちたときも、その後フランツ様との婚約が決まってざわざわしたときも、わたしの心配をしてくれ手紙をくれた。

しばらく身を慎む気持ちもあって、それらにも言葉少なに返事を返すだけでいたけれど、フランツ様にも言われたし、わたしも彼女たちには会いたかったので過度な自粛期間は終わりにする。

フランツ様やルチア頼りではなく、自分でも情報を集めたかったたし。

「エリーゼ様、ごきげんよう。お元気そうで何よりです」

「本当によかった。それに……うふふ。以前にもましてキレイでお幸せそう」

コレットの屋敷に行くと、天気がいいからか、庭のテーブルで二人がお茶をしているところに案内された。二人ともわたしの姿を見ると嬉しそうに笑ってくれる。

「ごきげんよう。あなたたちもお元気そうで何より」

彼女たちの毒のない笑顔を見ると、なんだかほっとする。

「あら。わたしたちはエリーゼ様とご一緒できなくて、とても寂しかったです」

流れるような金髪が美しいコレットが少し拗《す》ねたように言う。

「そうですね……それに皆が悪く言っても、エリーゼ様を一切弁護しないようにと言われて、苦しかったですし」

グレージュの上品なウェーブヘアのローズマリーが少しうつむいて胸を押さえる。

「そのことはごめんなさい。でもそれが二人のためだと思ったの。それに結局、みんなよいところに落ち着きましたし！」

わたしは頭を下げた。

そうなのだ。

型破りな行動をしたり、時にむかつく相手を煽ってみたり。そんな立ち回りをするからか、わたしの悪い噂というのは自然発生的に起こるものだけど、実際にはさしてあくどいことをしているわけではない（たぶん）ので、庇《かば》おうとしてくれる人たちもいた。

この二人がその筆頭。

面倒を見た後輩とか孤児院出身者にもちらほら。

けれど、わたしがそれを、あえてしないように頼んでいたのだ。

わたしの悪い評判に巻き込みたくないという気持ちももちろんあったのだけど、理由の九割くらいは私の都合だ。

そもそも、悪評が消えて欲しくなかったから。

やっていないことでも、さもやったように言われてしまう社交界の噂。

それは悪役令嬢としてゲームで語られていた悪事までは行うつもりがないわたしには、好都合だったから。


ある日メイドの一人が、自分が過って茶器を割ったのをわたしのせいにした。

お嬢様が手を滑らせて割ったにもかかわらず、お前のせいよと居丈高に怒り、お茶をひっかけられたのだ……と、わざわざ自分でお茶をかぶる偽装をして泣きながら訴えたのだという。

それだけならともかくちょっと衝撃だったのは、それを聞いた者たちが、けっこうそれを信じていたということ。

エリーゼ様は何一つ苦労をしたことのないお嬢様だから、多少、ワガママに育っても仕方ない、気にするんじゃないよ……と、そのメイドを慰めていたらしい。

そのときは側仕えのルチアが怒り、お嬢さまがそんなことをするわけない、って庇ってくれて、それをわたしにも教えてくれたからいいんだけど。

後ろ暗いことをしていなくても人は好き勝手に言うのだな、とそのとき学習した。

ほどなくして、親しい（と思っていた）令嬢の一人が、わたしに好きな人を取られた——まったく覚えがないので、その男性が勝手にわたしに熱を上げたのだと思うのだけど——と周囲に吹聴していることを知った。

「虫も殺さないって顔をして、たいした悪女よね……」とか言われていたらしい。

やっぱりそれも、特に親しい友人達は何かの誤解よ、と庇ってくれたらしいのだけど、あまり親しくない人たちは「そうかも……」「いかにも裏であくどいことをしてそうよね」とかこそこそ話していたという。

これを利用すればもしかして、意に反する悪事を働かなくても、うまいことゲームのエリーゼ——悪役令嬢の立場になれるのでは？

そんな風に考えてしまうのは仕方ないと思う。

でもきっと、社交界の噂——根も葉もない悪評も、程度が過ぎれば未婚の令嬢にとっては致命的だと知っているからこそ、……そしてわたしに親身になってくれるからこそ、彼女たちはきっとずっとわたしのことを案じてくれていただろう。

「……ほんとうに、ごめんなさい」

コレットとローズマリーには、はっきり「アルトゥール様との婚約で悩んでいる」とは話していた。

でも説明できたのはそれだけ。

だって相手は王家。婚約は王命だ。なのに「わたしは実は婚約破棄を狙ってるの！」なんて、口に出せる訳がない。

二人に嘘はつきたくなくて、裏で色々と画策しているとは話していた。

偽ったのは動機と、それから目的。

家同士が定めた婚約で、それが自分の義務であれば従おうと思っているけれど、正直、気が合わないし、恋心もない。

そんな状態でせめて信頼関係がなければやっていけない……と。

わたしについての悪い評判を真に受けて、わたしを嫌われるならそれまでの方。

そうでないなら本当のわたしを見てくれているってことで安心できるの……。

今にして思えば偽りしかない。レオナが現れた時点で婚約破棄に持っていくと決めていたわけだし。

正真正銘の育ちのよいお嬢様な二人は、「まあ」とか「それは……」とか、最初は迷っていたのだけど、「下劣な噂を流すような人達にはわざわざ関わらないでほしいの。あなたたちが信じてくれればわたしは満足だから」と言いくるめたら引いてくれた。

そもそも彼女達のような深窓の令嬢に、ゴシップめいた噂を聞かせようって人達も少ないだろう。だから上手くいったのかもしれない。

二人とも、わたしの謝罪を受け取るように軽く頷いた。

「まあいろいろ苦しかったのは確かですけど、フランツ殿下のような方とひそかに想《おも》い合っていたなら、エリーゼ様のお気持ちもわかりますわねえ」

そう言って、ローズマリーが紅茶を一口飲んで悩ましい溜息をついたので、わたしは紅茶にむせそうになる。

「お、想い合うっ！　そ、そんなことはないわ。フランツ様とは婚約破棄の後に……」

「え、そうなんですの？　アルトゥール様とのことがあって、すぐにフランツ殿下と結婚を決められたからてっきりお二人が思いを遂げられるために一芝居打ったのかと……世紀のロマンスだって騒いでいる皆さまは多いです」

「誤解です！　その、お二人には悪い噂を弁護しないでほしいとは言いましたが、レオナ様の事故までわたしのせいにされ、実家まで危うくなったのは想定外で、そこをその、フランツ様が……」

「ええっ！　もしそうならわたくし証言しましたのに！　エリーゼ様がそんなことをするわけがないって……随分我慢しましたのよ！」

コレットが驚いたように口を挟んだ。

「わたしもです！　すごく迷いましたがエリーゼ様の計画がわからなかったし、もし変なことをして、これまでの積み上げを台無しにしたらと躊躇していたばっかりに！」

ローズマリーまで身を乗り出して抗議してくる。

「そ、それは……その、あのときまではそれでよかったの」

思いもかけないところで追い詰められて、わたしはたじろぎながら口ごもった。

結局、やいのやいの責め立てられて、婚約破棄自体は予定どおりだったが実家への影響を考えていなかった大ポカとか、そこに颯爽《さっそう》と現れたフランツ様のこととか、一部始終を告白するはめになったけれど。

友達に心配かけてしまったわけだから、それも仕方ない……か。

コレットが教師のような調子で、言い聞かせるように言った。

「お話はわかりましたけど、今度から困ったときのため、ここは弁護ＯＫだとか、本当のことを話してもいいとか、逆にあえて黙っていてくれとかわかるサインを作ってくださいね。そうすれば安心して見ていられますし」

「ナイスアイディアですコレット様。最初からわかっているときは事前に知らせてくださるのが一番ですが。サインは必要です。あ、ドレスの色とかアクセサリーもいいですわね」

二人してきゃっきゃしながら話が進んでる……ありがたいけれど。

わたしは、少し疲れながらもほっとして、出されたお菓子にフォークを入れた。

わたしの好きなノイマンケーキ……前世でいうカステラに似た、卵とざらめ砂糖が主成分の長方形のお菓子だ。

ちょっと庶民よりなお菓子なのに、コレットが覚えて用意してくれたみたい。

友達ってやっぱりいいもんだなあ……としみじみ思ったところで、ローズマリーによって、さらなる爆弾が落とされた。

「考えてみれば、いろいろ画策はなさいますけど、王太子殿下と婚約状態にあるときにエリーゼ様は不実なことはしませんものね。王太子殿下がレオナ様に気を向けていらっしゃったので身を引かれたのでしょう?」

「えっ……まあそれは」

確かに、不倫みたいな真似は抵抗あったし、そういう側面もないではない。

ゲームのシナリオを知っていたことが前提ではあるけれど、アルトゥール様とレオナが会ってすぐに惹かれ合ったことは直接に見ても明らかだった。

でもあさはかな行動の結果、実家の危機を引き起こしたことは思い返したくない黒歴史だし、そもそも婚約破棄そのものが目的だったわけで、身を引いたとか美談扱いされるのはちょっとくすぐったい。

「その、それは前も言ったようにアルトゥール様とは相性が悪くて悩んでいたので、あれは渡りに船だったというか……」

「それでも！　自分が悪者になってまでレオナ様を立てるとか、本来ありえません」

「そうですとも！　だからこそ、そんな健気《けなげ》なエリーゼ様の姿にフランツ様が恋に落ちたのですわ」

　コレットとローズマリーが口々に言う。

　薄々感じていたけど、この子たち、恋バナ好きだな。

　いつも大人しいのに生き生きしてる。

「えーと……うふふ。そのへんは、皆さま、内緒、ですからね。お願いします」

　なんだかかなり事実と違う物語《ロマンス》が出来上がってくるのに、わたしは内心冷や汗を流しながら笑ってごまかした。

「それより、そのレオナとアルトゥール様について聞きたいのだけど……。レオナがダニエラと親しくしている、というのは本当？」

「それは」

　二人は顔を見合わせた。

　コレットが、頬に手をやり、何かを思い出すようにして言う。

「まあ……そうですね。一緒にいてそれほど楽しそうという感じもしませんけど、夜会などでも大概傍にいらっしゃいます」

「そもそもレオナ様は、高位貴族にそこまで親しい人がいませんでしたから、積極的に近づくダニエラ様べったりになるというか」

「そうなの……」

　わたしは、知らず眉を寄せた。

ヘンスラー侯爵家のダニエラは高位貴族の中では珍しく、レオナに対して目立った嫌がらせをしていなかった一人で、ゲーム内でも特に見かけなかったモブ……だと思う。

赤味《あかみ》がかった茶褐色の髪に緑の目、よくいえばグラマー、悪くいうとぽっちゃりめで押し出しの強い容姿をしている。

わたしに対しては、表面上は友好的に接していたものの、なんとなく敵意を感じることがあり、調べてみると、実は腹黒だの陰険だのの悪い噂を流している筆頭ではあった。

悪い噂といっても、誰々の悪口を言っていたとか、質の悪いアクセサリーを付けていた（卒業した孤児がくれたものをあえて着けたりすることはある）とか、おおむね、せこいものが多く、物証の捏造とかもずさんだったから放置していたのだけれど。

彼女はレオナにはあまり興味を示していなかったので、完全にノーマークだった。

今朝、ルチアによってもたらされた情報。

レオナを階段から突き落とし、わたしがそこに居合わせるように工作したのは彼女だというのだ。

目撃者……というかそれを手伝わされていた男爵家の令嬢は、ダニエラの家に借金があったらしく、それをネタに脅されていたらしい。

ルチアの手の者が、いろいろ探った上で彼女に目を付け、ひそかに話を聞き出したら、泣きながら告白したと言っていた。

以前、イジメにあっていたところをわたしに助けられたことがあったらしく、「エリーゼ様に申し訳ない。償えるならなんでもする」と言っていたとか。

……そんなことあったかな。あんまり覚えていないけれど。

聞いてみると問題の借金は大した額ではなかったので、ルチアの実家、アンデルス商会に援助を頼んだ。

そのまま渡すのではなく、領地経営に口を出し、代々所有の骨董《こっとう》の類をうまいこと売りさばいていい感じにしてくれるそうだ。手数料は適当にいただいて商会側にも利益があるようにするって……さすがは大商人。

もちろんただの施しではなく、まさかのときに証言してくれる約束を取り付けてのことだ。

問題はダニエラの方。

そこまでのことをしておいて、今はレオナの友人面をしているのはなんのためなのか、意図がわからなくて、ちょっと怖い。

あのときのことはレオナじゃなくてわたしを嫌いだから、わたしを決定的に追い込むためにレオナを傷付けて冤罪《えんざい》をかぶせた、ということらしいけど。

今も距離を縮めているのは何故？

そりゃレオナはゆくゆく王太子妃になるのだからメリットはあるけど。

わたしは、コレットとローズマリーにもう少しレオナに気を付けて仲良くしてやってほしいと頼んだ。

二人は卒業式のときのレオナとわたしが険悪だったのでとまどっていたようだけど、わたしがそう言うなら、と、了承してくれたので安心した。

「そういえば、エリーゼ様は来週の夜会には行かれるのですか？　王太子殿下とレオナ様の婚約発表をかねているそうですが」

　コレットが最後に聞いた。

　あ、忘れてた……。

「そ、そうですね。フランツ様とアルトゥール様はご兄弟ですから、少しは顔を出さないわけにはいかないかと……」

　わたしは内心、冷や汗を流しながら、にっこり微笑んだ。


　それから五日後のこと。

「お嬢様、旦那様がお戻りのようですよ」

「はい。今行くわ」

　わたしはルチアに完璧に整えてもらった自分の姿を鏡で確認して、立ち上がった。

　今日は王城での夜会だが、フランツ様は騎士団の仕事があるので、そのままお城で着替えてから迎えに来てくださることになっていた。

　成人してから王宮の一画に屋敷を構えているとはいえ、フランツ様は王子なのでお城にもそれなりの居室がある。

一遍、見てみたいので、機会があったら連れていってもらおう。

婚約破棄の一幕以後、公の場所に出ていくのは初めてで緊張する。

詳しい事情はうやむやにするしかないけれど、わたしとフランツ様、アルトゥール様とレオナの二組は問題なくまとまり、王家とアーベントロート家も前と変わらず円満であると見せつけなければならない。

レオナも侯爵家に養女として入り、王太子妃への路を着々と進んでいる。

わたしはゲームで見たスチルのことを想いだす。

レオナは婚約発表の夜会には、あの子によく似合うオレンジ色の、花弁を重ねたようなドレスを着てくるはず。

わたしは彼女とかぶらないように、紫色で胸元を大きく開けた、上品な中にも艶っぽいドレスにした。胸元にはフランツ様から贈られた、ダイヤをあしらったチョーカーをつける。

石の透明度といい細工といい、極上の品で、ヴォルニウス伯爵家が財産も潤沢にあるって話は本当なんだな、とうなずける一品だ。

フランツ様は年齢以上に大人っぽいからこんな感じで釣り合いが取れると思う。

アルトゥール様はちょっとまだ少年味が勝ってたから、少し可愛らしくしなくちゃいけなかったのよね……。

などと思いながら階段を下りたわたしは、玄関ホールで待っていたフランツ様に、ちょっと見とれてしまった。

かっこいい……。

王族の礼装が軍服なのはアルトゥール様も同じなのだけど、彼が白基調なのに対して、フランツ様は黒が基調だった。

緻密で華やかな金糸の刺繍が、フランツ様の金褐色の髪とよく似合っている。

秀麗だけど、少し物憂げな横顔が、わたしを見た途端、ふっと柔らかくなった。

「ああ、これは美しい、星から下りてきた、仙女のようだ」

わたしは柄にもなくどぎまぎした。

最近は彼の人間性にときめくことが多くて、そこに恋したのだとはっきり言えるけど、見た目と声も最初からドストライクなのよ。

これで中身もいいとか、既にわたしの旦那さまだとか、改めて思うとちょっと出来すぎじゃない？

彼はわたしに近寄ると、手を取ってキスをした。

「星の世界の美姫《びき》のエスコートをする栄誉をいただいても？」

わたしは、緩みそうになる顔を少し引き締めて言う。

「その大仰な物言いをつつしんでくださるなら」

フランツ様は目を細めて微笑んだ。

「こういうのは気に入らなかったか。だったら自重しよう」

彼は気を悪くした様子もなくわたしの手をとって馬車に乗せ、自分もすぐ隣に腰かけた。

対面にも広いスペースがあるのに、馬車に乗るとき、フランツ様は絶対、わたしの傍に座る。夫婦だからそういうものかもしれないけど……。

今日は露出が高い格好をしているのもあって、間近に感じる体温に少し緊張しながら、わたしは口を開いた。

「……あの」

「うん？」

「婚約破棄の件の後、公の場に出るのは初めてですし、水に流したとはいえ、数多くの人に騒ぎは目撃されています。皆さま、あれこれ言われると思うのですが……」

彼はくすりと笑った。

「気にしているのは、自分が悪《あ》し様《ざま》に言われること？　それとも俺にどう思われるか？」

「……後者です」

そもそも自分が始めたことだ。

婚約破棄後は傷心と偽って田舎にでも引き籠もってほとぼりを冷まそうと思っていたので、こんな短期間に兄王子と結婚とか、華々しい感じに社交界に舞い戻るのは計算外。

とはいえ、覚悟はできている。

だけど、フランツ様がどう思われるか……この人まで悪く言われないか。

彼は腕組みして面白そうに言った。

「俺はようやく化けの皮が剥《は》がれた稀代《きたい》の毒婦にまんまと騙され、骨までしゃぶられる愚かな男らしいが、いまだかつてなかった評価で新鮮だな」

日常的に剣を扱う人らしく、骨張った指でわたしの髪をすくいとりながら、フランツ様は意味深に笑った。

「愚にも付かない戯《ざ》れ言《ごと》などどうでもいいが、身の処し方など心得ていそうなあなたが、どうしてそんな評判が一人歩きするようになるほど放置していたのかは少し興味がある」

ぎくり。

「放置というわけでは……」

「もしかすると、至らない弟との婚約にあまり乗り気ではなかった、とか？」

「…………」

見透かすような青灰色の目がわたしを射貫く。

言葉に詰まってしまったわたしに、フランツ様はふっと笑って髪を放してくれた。

「冗談だ。願望が漏れ過ぎたとも言う。ともかく何を言われようと俺は動じないし、あなたの心配は杞憂だと言っておこう」

願望が漏れすぎた？

どういう意味かしら。

気になったけれども、目的地が間近だったので、深く突っ込みそびれた。

「……楽観的すぎじゃないですか？」

「そうかな。思ったよりたいしたことがなくても平和だし、何か刺激があってもそれなりだと思うが」


必ずしもそう言われたからってわけじゃないけれど。

夜会の会場についたときには、かなりリラックスできていた。

案内の者が、わたしとフランツ様の名前を告げたとたん、会場の視線が突き刺さるように集まるのがわかる。

わたしは、極上の笑みを浮かべて、彼の腕にしっかり掴まった。

滑るように会場に入っていくと、ひそひそというささやき声が聞こえる。


——王太子様に婚約破棄されたからって、今度はフランツ様を……。

——なんとかして王太子様を排除して、王妃の位を狙っているんじゃないかって……。

——なんて恐ろしい。フランツ様もフランツ様だわ、よりにもよってあんな女を。


ああそうか。フランツ様と結婚するってことはアルトゥール様を排除して王位狙いって解釈もできるわけね……。

王位なんて、てんでありがたく思っていなかったわたしは感心した。こういうあくどい考え方も、視野に入れておかなくては。

まあ、もう婚約破棄関係は終わったので、殊更、悪役ぶる必要はないのだけど。

わたしは、わざと扇の陰でひそひそやっている集団をめがけて、にっこり微笑んだ。

「マーリア様、ごきげんよう。わたしの話はもうお聞きになっているようね」

「ご、ごきげんよう」

「フィッシャー夫人。この間は、お茶会のご招待をお断りして失礼しましたわ。またの機会に是非。わたしもまた皆様とお話ししたいわ」

「あ、あ、そうですわね、是非」

悪びれず愛想よくしていると、少し反応が変わってきたのを感じる。


——相変わらず、お美しいな。あの方が王太子の想い人を苛《いじ》めていたって本当なのか？

——バカ、そういうのが手口なんだよ。卒業式のパーティでは鬼のような形相で彼女を罵ったっていうぜ。

——そうは聞くけど、でも俺は見てないしなあ……。


人の心は移ろいやすく、また周囲に影響されやすい。

噂だけを聞いていてわかったような気になっていても、目の前で微笑むわたしを見ればまた気が変わる者も出てくるというもの。

あまり引きこもってばかりもいけない、ってことね……。

悪い噂に振り回されるのにうんざりして、逆に悪役令嬢を気取るのを楽しんでいたところもあったけれど、今日は実家とフランツ様のためにもイメージ回復に努めたいところだ。

わたしが見知った人になるべく明るく声をかけながら、せいぜい笑顔を振りまくと、とまどいながらも笑顔を返したり、挨拶をしてくれる人が増えていく。

フランツ様はわたしの腰をぐいと引き寄せてささやいた。

「人の噂など、そもそも長くは持たないが。あなたの美しさはそれをもっと縮めてしまうようだ」

「もう。こんな場所で、やめてください」

わたしはひそかに彼を脇でつつくが、傍目には仲睦まじくイチャイチャしているようにしか見えないだろう。

そのまま会場を進んで、玉座の付近にいるアルトゥール様とレオナに近付いた。

レオナはやっぱり、スチルで見たオレンジ色のドレスを着ている。華やかで明るい色は彼女によく似合う。足のケガもすっかりよくなっているようだ。

けれど、心なしか元気がないような気がした。

大好きなアルトゥール様との婚約発表であるはずなのに。

アルトゥール様は、兄と元婚約者の出現に、どう対処していいかわからないようだった。

「あ、兄上、本日は……」

しどろもどろになる弟王子をフランツ様は掌《てのひら》を出して遮った。

「皆まで言うな。元はと言えば俺がお前の婚約者に懸想したのが悪い。だが、お前もそこの意中の令嬢を得られたのだから、ここは手打ちにしようじゃないか。婚約おめでとう」

かなり苦しい言い訳だと想うけど、それで通すことにしたらしい。

「ですが……彼女は……」

アルトゥール様は気遣わしげにわたしを見た。

兄弟仲は悪くないって聞くから、兄上がわたしに騙されているって心配してるのかしら。

フランツ様は唇だけでうっすらと微笑んだ。

「頼むからバカなことは口にするなよ。エリーゼは、お前の手に収まるには、少し器が大きすぎたというだけだ」

「はっ？　それはどういう……」

アルトゥール様はとまどっている様子だった。

フランツ様は彼の目を見て言う。

「なんでもかんでも俺に聞くのはどうにかしろ。王になるのだろう？　他人の言葉に耳を傾けるのもよしわるしだ。自分で見聞きしたものこそを信じろ。彼女はお前の前で本当に卑劣なことをしたのか？　弱者を蔑《さげす》み、他者を踏みつけにするような真似を？」

アルトゥール様は、はっと目を見開いた。

元々特段、愚かでも、悪い人でもないのだ。

確かにわたしたちの間に恋情とかそんなものが芽生えたことはなかった。わたしは彼が苦手だったし、彼はわたしにあまり興味が持てないようだった。

けれど、わたしも最初は彼と結婚しなければならないと覚悟して、義務としてでもうまくやろうと思っていたし、レオナの登場で悪役令嬢の立場を取ると決めたときも、彼の前で何かをした覚えはない。

役割上、そんな必要はなかったので。

アルトゥール様は口ごもった。

「それは……その、彼女は、わたしの前では外面を繕っていたので……」

「実際はそうでなかった、というのなら、そのことについてもちゃんと裏付けを取れ、バカ者」

フランツ様はそう言って、レオナの方に目をやった。

「そこの令嬢……今は侯爵家に養女に入ったのだったか、君はどうなんだ？　エリーゼは本当に直接、君にひどいことをしていたのか？」

レオナは少し青ざめて、わたしとフランツ様の顔を交互に見やった。

「それ……は」

自分の見たもの、聞かされたものと、それまでのわたしとの思い出と。

レオナに対しては、わたしも正直、言いたいことはあった。

揺れ動いているらしいアルトゥール様とレオナの物想いを中断させるように、宰相のボルツマン侯爵が、咳払いの後、声をかけてきた。

灰色がかった髪にやせぎすの神経質そうな男だ。

「王太子にフランツ様、そしてご令嬢お二人も。国王様が紹介をされますので、お早く壇上に」

そこで話は打ち切りになった。

国王陛下が少し言葉を濁しつつも、わたしとフランツ様の結婚と、アルトゥール様たちの婚約を発表する。

――いろいろあるがすべて話はついたので、祝福するように。

そう国王が公《おおやけ》の場で口にしたことで、この問題はすべてうやむやになった。

かわりにわたしたちとアルトゥール様たちはそれぞれ、わっとさまざまな人達に取り巻かれてもみくちゃにされてしまう。

フランツ様に集まるのは主に騎士団の面々。

副団長のクリス様は、よく屋敷の方にも来られるので面識はあったけど、後の人達とはおおむね初対面だったから、挨拶だけで大変だった。

中に子爵令息のマティアス・ハーツもいたので、少し緊張する。

茶色の髪で、思慮深そうな瞳のこの人はレオナの兄だ。

攻略対象外で、やや地味めな顔立ちだけども、落ち着いた人柄で暴走する妹にブレーキをかけたりするので、マニアックなファンは居た。

わたしのことはどう思っているのか気になったけれど、彼は優し気に笑っているだけでそれ以上のことは容易に読み取らせてくれそうになかった。

そんな彼はともかくとして。

騎士団の人達はおおむねわたしには好意的みたい。噂だけ信じていたら、自分達の上官がたぶらかされている、とかありそうなものだけど。

わたしがフランツ様の方を振り仰ぐと、彼は、だから言ったろうと言わんばかりに微笑んで見せる。

フランツ様自身に信用があって、「彼が選んだ人なら」っていう感じかしら。

「いや、奥様、本当にキレイですね。いっつも団長がのろけるから、どんな人かなあって思ってたんですが」

若くてまだ入りたてらしい団員が、まんざらお世辞でもないような賛美の眼差しを向けてくれる。

「まあ、そんな……」

「いや、ほんと、仕事しか趣味がないような人だったのに、今じゃできるだけ早く帰るから急げとか、効率化しろとか……うぷっ」

「いい加減にしろ、みっともない」

年長の団員に口を塞がれて、拳骨《げんこつ》をもらって、後ろに引きずられていくのが面白かった。

いろいろな人と談笑しながら、わたしはそっとレオナの方をうかがう。

聞いていたとおり、ダニエラが彼女の横にぴったりと張り付いて、何やら慰めるようにいろいろと彼女に話しかけていた。大方、わたしの悪口だろう。

レオナはうつむいたまま、彼女の言葉に機械的にうなずいているように見える。

うーん、困ったな。どうしよう。

わたしは扇を開いて顔を隠しながら、これからどうすればいいか考えた。

レオナ・ハーツ。

この世界によく似た乙女ゲームの、正ヒロインだった存在。

彼女のことは嫌いではなかった。

清楚系悪役令嬢のふりを始めたのも、婚約破棄に向けて動き始めたのも、レオナの存在あってのことだし。何より本人が憎めない性格をしている。

やや天然で、明るくて前向きで真っ直ぐ。根はとても優しいし温かい。

憎めないのだが……いろいろ大変ではあった。

ファンの間で、令和じゃなくて昭和のヒロインだろうと言われていたのは伊達《だて》ではない。彼女は悪気は一切ないのだが、なんというか、かなり大ざっぱで鈍いのだ。

幼い頃は身体が弱く、田舎で平民と混じって育てられたそうで、貴族令嬢としては驚くほど言葉遣いもざっくばらんだし、遠慮がない。

かてて加えて、兄と一緒に実家に仕えていた剣士に剣を学んだとかで、男子生徒に交じって剣をふるいたがったりもする。

実際、強い。

学院に入り込んだ魔獣を、アルトゥール様と呼吸を合わせて戦って倒したイベントはすごく人気があった。みんな強いヒロイン好きよね。

ともかくそういう条件下で出来上がるのは、いわゆるこだわりが薄く、場の空気を読まないサバサバ系女子ってやつである。

流行の自称サバサバ系……じゃない、真正の、気持ちのよいさっぱり系。

なので普通ならそうそう嫌われない性格なのではあるけれど、色恋が絡むとそうもいかない。

なにしろ正ヒロイン。

彼女の回りではラッキースケベならぬ、ラッキーラブコメみたいなのが頻発し、アルトゥール様を始めとする王族とか上位貴族の容姿端麗で人気のある男性と、あっちこっちで縁を作り、気に入られまくるのである。

他の令嬢の意中の相手とも気安く友達のように接し、無意識にフラグを立てまくってあちこちで恨みを買いそうになるのを、わたしが間に入ってフォローしまくった。

『えー別に、気になるなら、わたしと話してても、気にせず話に入ってくればいいじゃない。なんで裏でエリーゼに言ってくるの？　陰険だなあ……そういうの嫌い』

『普通の貴族の令嬢は、そんなに気軽に男性に話しかけられないの。まして下位から高位貴族にだなんて……誰もかれもあなたと同じだと思わないでちょうだい！』

裏表がなく明るく真っ直ぐなところがアルトゥール様にはドンピシャだったんだろうし、幸いレオナも彼を好きになり、元婚約者のわたしはそれを望んでいたからよかったのだけど。

正直、他の攻略対象のルートに入っていたら血を見ていた気がするわ。

もう少し自分の言動に対して相手がどう思うか発言前に考えろとか、ざっくばらんな言葉遣いも親しい相手とのプライベートではいいが公では絶対ダメだとか、身分の高い者に対する立ち回りとか。

諸々《もろもろ》を、三年かけて教え込んだ。

なにしろ婚約破棄がうまくいったら、レオナが王太子妃になるのだから。

地頭がいいし、素直なので、一旦納得がいったらすぐに吸収してくれるのは助かった。

そんなこんなで、まあまあ親しくしていた、とは思う。

こちらはこちらの思惑でもって近付いたのだから、感謝とかは期待してないけど。

フランツ様に問いつめられる以前から、ちょっと彼女に元気がなかったことは気になった。


「ああ、もうお前ら、俺にばかりたかってないで、散れ！　滅多にない機会だろう。とっとと可愛い令嬢をダンスに誘ってこい」

いろいろな人達と話をしていたフランツ様が、面倒そうに手を振った。

「えええ、そんなこといって、団長が奥様と踊りたいんでしょう」

「当たり前だ。悪いか！」

はっきり言うフランツ様に、ひやかしの声が聞こえるけど、とても親密そう。

なんていうかな……これは、体育会系ノリ？

言いながらフランツ様が、男性騎士達をかき分けて、わたしの方に近付いてくる。

「待たせたな。エリーゼ、踊ろう」

「はい……」

笑顔で差し出される手をそっと握る。

そのまま流れている曲に乗って、ワルツを踊った。

今日は王家主催とあって、演奏も王都の超一流の楽団で、大広間の装飾もいつにもまして煌《きら》びやかだ。

天井には魔法を使った、虹色に光るシャンデリアがいくつも輝いている。

フランツ様と踊るのは始めてだけど、彼はすごく上手かった。

すーっと自然に体が動く感じで気持ち良く踊らせてくれる。

「あなたといるとひとりでに体が動くな。何の苦労も要らず楽しめる」

あまりの心地良さにぼーっとしながら曲に乗っていると、フランツ様が甘くささやいた。

「それはわたしのセリフです」

わたしは、ちょっと赤くなって言った。

嬉しい。

淑女のたしなみで、もちろんダンスはずいぶん練習したし、それなりに上手いとは思う。けれど大概の男性はこういうときわたしの美しさを褒めるばかりで、そんなことは全然言ってくれなかった。

アルトゥール様に至っては、通り一遍のお世辞と挨拶がデフォルトだったし。

フランツ様は言葉通り、とても楽しそうに、だんだんステップを速くしてくる。

相当なスピードなのに優雅に見えるのがすごい。

人と人の間を縫って中央に出て、くるりくるりと回された。

この日のために選びぬいた紫のドレスが翻《ひるがえ》って、美しく広がるのがわかる。首元のチョーカーについた石がシャンデリアの光を浴びてキラキラと輝いた。

皆が踊りながらちらちらと、時には足を止めてまでこちらを見ているのがわかる。

正直、とても楽しかった。

曲が変わってもかまわず彼と踊り続けていると、どこからか、わっと歓声が聞こえた。

皆のささやき声を聞くに、アルトゥール様とレオナが踊り出したらしい。

そもそもの主役だから、最初に踊っていたはずなんだけど……休んでいたのかしら。

もしかしてわたし達を見て対抗心が芽生えたのかも？

白い軍服で童話の王子様のような容姿のアルトゥール様と、初々しく頬を染めてリードされるレオナのダンスは軽やかで微笑ましい。

レオナも運動神経がいいから踊るのは得意だものね……最初はわたしが手ほどきしてあげないと、ダンスの種類が微妙に違う感じだったけど。

数々の障害を乗り越えて、今、恋の絶頂であろう二人のダンスは、フランツ様の貫禄《かんろく》のエスコートとは違うなりに、また別の味わいがあった。

レオナの元気がないのは少し気になるものの、アルトゥール様とはうまくいっているようでよかった。

ダニエラが少々悪だくみをしていたとしても……恋人がいるなら平気よね。

彼女たちと並んで踊れたら楽しいかな、と思って、わたしがちらちらと二人の方を見ていたときのことだ。

「やはり、まだ気になる……か」

フランツ様が低い声でつぶやいた。

「フランツ様？」

「いや……そろそろ少し休もうか」

彼がわたしの腰を抱いてバルコニーに向かうので、わたしも素直に従う。

アルトゥール様たちに気を遣ったのかしら。確かに主役カップルより目立ちすぎるのはよくないかもしれない。

バルコニーからは、銀色の大きな三日月と、川のように広がる星がよく見える。

風があるので気持ちいいことはいいんだけど、外はやっぱりちょっと暑い。

もう夏なんだなあ、と思った。

去年の夏はアルトゥール様に誘われて郊外の離宮に行くのに、レオナを同行させるために頭を使ったっけ。

ゲームだとわたしが画策する必要なんてない。アルトゥール様はレオナを誘って、お邪魔虫であるわたしが、いきなり乗り込んで修羅場になるところだ。

実際の二人は思い合っているわりに真面目でなかなか踏み出さないので、すごく苦労した。

結局、レオナをうまく誘導して現地で合流できるようにしたのだ。

「エリーゼ」

フランツ様がシャンパンのグラスを二つとってきて渡してくださるので、お礼を言って口をつける。熱い中にシュワっとした炭酸が心地いい。

「心ここにあらず、だな……。やっぱりここに来るのは早計だった」

フランツ様が、ぽつりと言った。

「フランツ様?」

わたしは首を傾げた。

悪女という噂が当初心配していたほどではなく、評判もそこそこに回復できたのでよかったと思っていたけど。

フランツ様的にはダメだったのかもしれない。

「あの、何かわたし、お気に触るようなことを……」

言いかけたとたん、頤《おとがい》に手をやられ、口づけられていた。

「んっ……」

かろうじてグラスは落とさずに済んだけれど、中身をこぼしてしまったのがわかる。

外でするには、ずいぶんと深い、そして熱いキス。

シャンパンの香りが口いっぱいに広がり、そのまま舌が入り込んで蹂躙《じゅうりん》される。

ぐっと背中から引き寄せられ、フランツ様にぴったりと寄り添わされた。

酔っているのか、他の理由なのか、彼の身体がひどく熱く思えた。

遠くで舞踏会の喧騒《けんそう》が聞こえる。

たしか、このバルコニーに出る窓にはレースのカーテンがかかっていて、中の人からは見えないはずだけど、いつ誰がやってくるかもわからない。

フランツ様とのこの行為はもう何度も経験した。でも、いつも寝室とかせいぜい馬車の中とかの密室の秘め事だったので、緊張して身体を固くしてしまう。

ようやく唇が離れて、フランツ様はわたしの目を覗き込んだ。

「気が乗らないようだ」

「それは、その……」

周囲に人が沢山いる戸外だからなのですけど！

初心者なので勘弁してほしい。

「やはり、アルトゥールが気になる？」

「えっ……」

思いもかけないことを言われてわたしは目を見張った。

「俺のことだけ見ていてほしいというのはワガママだろうか」

「そんなのっ……」

一瞬、言いがかりをつけられたように思えて、かっと頬に朱が上る。

だって、今日はフランツ様のために、評判を良くしようと緊張してドレスを選び、言動に気をつけていたのに。

正装姿の彼はとても格好よくて、エスコートも素敵で、二人でダンスを踊るのは、とても楽しかったのに。

ああ、でも、さっきはちょっと別の事に気を取られていたのは確かかも。だってアルトゥール様とレオナのことはずっと気になっていたんだもの……。

ううん、でもフランツ様に集中していないと言われたらそれはそうよね。

謝るべき？　どうしたらいいの？

前世の知識をフルに使っても、恋愛経験が乏しすぎてよくわからない。

わたしは、迷った末にフランツ様の胸に頭を預けた。

「エリーゼ？」

「あの、どう言ったらいいかわからないんですけど、わたしはフランツ様の妻です。わたしの夫はあなただけで……」

そして、あなたのことが好きです――と。

言いかけたのに、わたしの唇はまたフランツ様によって塞がれた。

今度のキスは深いけれど、さっきよりは優しい気がした。舌が上あごをくすぐり、そっと上の歯茎をなぞっていく。

口の中まで、感じるところを全部悟られている。

フランツ様はそっとわたしの頬を撫でながら、少し寂しげに微笑んだ。

「そうだな……あなたはそういう人だ。今はそれでかまわない」

「フランツ……様」

「控室に行こう」

大規模な舞踏会は夜明け近くまで行われるので、帰らない客のために控えの客室がかなりの数、用意してある。

ベッドもシャワールームもついているのが普通で、まあ、ワンナイトラブみたいな用途で使われることもよくあるようだ。

もっともわたしたちは夫婦だから、誰はばかることはないのだけれど。

案内係に空いた部屋に誘導され、入って鍵をかけると、わたしたちはまた固く抱きしめ合った。

少しだけすれ違った心を、近づける方法はそれしかないとばかりに。

何度もキスをして、背中に回した手でお互いを撫でまわして。

それでも全然足りなくて。服が邪魔に思えて。

お互いに上着とドレスを脱がせあった。

そのまま雑に椅子にかけ、下着姿のまま、ベッドに倒れ込む。

シャンパンが回ってきたのか、体が熱い。

絡まり合い。指を這わせながら口づけをする。

「ちょっと後ろを向いて」

わたしが息を上げながらその言葉に従うと、フランツ様が器用に背中の紐《ひも》を緩めてコルセットを外してくれた。

「……慣れているんですね」

少し面白くない感じがして言うと、フランツ様が笑いながら背中に唇を押しつけてくる。

「誤解だ。母の手伝いをしたことがあるだけで」

「あっ……」

普段はあまり触れられない背面は、ひどく敏感になっているようで、弱い電流が走ったような気がする。

「これ、贈り物のリボンを解くようで気分がいいな」

フランツ様はどんどん紐を引き抜き、前身頃に手を差し入れてくる。

「あんっ……だ、め……」

くりくりと乳頭を押しつぶすように転がされて、声が漏れた。

いつもお風呂に入ってからだったから、すぐに脱げるナイトドレスとかガウン姿だった。こんな中途半端に脱がされた状態でなだれ込んだことはない。そのせいかひどく感じる。

「今日のドレス姿を見たときから、脱がせたくて仕方なかった」

フランツ様が熱い息を吐きながらささやく。ささやきながら、耳たぶを噛まれた。

「んっ……や、……そこ……」

「あなたはここが好きだな」

背後から、胸を大きく揉むように愛撫され、耳孔を舐められる。

「ああっ……」

「ここだけで達《い》けるか、試してみようか」

「やっ……いや、いや……です」

わたしは身体をくねらせて、抗議する。

脚の間は、もうとうに潤んで下着を濡らしているのに、彼は上半身しか触ってくれない。

そこもとても気持ちがいいけれども、炙《あぶ》られるような熱が身体の内で渦巻いているようで、ジリジリする。

「お願い、もっと、他のところも……」

「他のところとはどこだ？　教えてくれないか」

「っつ……！」

わたしは、彼を睨みながら、胸を悪戯している手を掴み、下の方に誘導した。

さすがにそのものに持っていく勇気はなくて、お腹のあたりにおく。

「うん？　ここでいいのかい？」

フランツ様が笑いながら、大きな手で、お腹をゆっくりと撫でる。

「意地悪……」

彼の指がすれすれのところを辿《たど》りながらも、一向にそこに行ってくれないので、わたしは焦れながら身体をずらす。

フランツ様の身体に寄り掛かるようにして身体を倒していくと、手がその場所に触れた。

「んっ、そ……こ」

小さく言うと、彼が笑いながら下着の上から、そこの亀裂を指でなぞった。

「ここか？」

「ん……そう」

恥ずかしいのに、自分がバカになってしまったようで嫌なのに、甘やかすようにささやかれながら優しく触れられると、そのことしか考えられない。

「ここをどうしてほしい？」

「そこ、さわって……中、掻き回してほしいの」

恥ずかしさにわたしが顔を覆いながら言うと、フランツ様がちょっと息を呑んだ気配がした。

「わかった……ん、これは……ガーターベルトか」

ショーツの下にくぐらせてある留め具にふれて言う。わたしは顔を隠したままうなずいた。

この世界ではナイロンが実用化されたのはまだ最近で、ストッキングはとても高価だ。でもそれだけに丁寧に精緻に作られていて、絹の靴下とかより足を綺麗に見せられ、人気がある。

わたしもいつもしているわけではないが、今日は特別なので穿《は》いてきていた。

ガーターベルトで止めるタイプのもので、片脚ずつ身に付ける。

「これはなかなか色っぽいな……」

フランツ様がつうっと、ストッキングに包まれた脚をなぞった。

「あっ……」

先ほどから、焦らされているそこは、遠い刺激でも敏感に反応してしまう。

じわりと、下着が濡れていくのがわかった。

「ああ、すまない、先にこちらだな」

フランツ様は、ようやく気付いたというように、ガーターストッキングはそのままで、ショーツを引き下ろして取り去った。ねとりと、蜜が糸を引くのがわかる。

「やっ……」

「どうした？　こうしてほしかったんだろう？」

さらに居たたまれなくなって、ベッドに顔を埋めるわたしに、フランツ様はささやきかける。

今夜はどうしようもなく意地悪だ。

涙目で抗議しようとしたとき、彼の指がそこに触れた。

「ああっ……」

思わず高い声が出る。一番、感じる、赤い蕾《つぼみ》を転がされたのだ。

「あっ、だめ、そこ……やぁん……」

「ダメ？　ダメではないだろう？」

くつくつと笑いながら、フランツ様がなおもそこを刺激しながら、蜜壷に指を沈めてくる。

「んっ……あっ……ああ……」

「もっと乱れて……俺にしか見せない姿を見せてくれ」

フランツ様の声が低く響く。

言われなくても、彼以外に、こんなことは許せるはずもない。こんなに気持ちよくて感じるのも、彼を信頼しているからだ。

「すごく溢れてくるな……もったいない」

「えっ、あ……やめっ……」

フランツ様が体勢を変えると、わたしをベッドに沈め、脚を持ち上げた。そのまま頭を下げていくので、わたしは動揺する。

「それっ、やだ……あああっ……」

ぐしょぐしょに濡れたところに、温かく柔らかいものが触れた。

フランツ様の舌だ。彼に舐められている。

前世はそれなりに耳年増なOLだったので、そんな行為があることは知っていたが、聞くと実際にされるのは大違いだった。

恐ろしく恥ずかしいのに、死にそうに気持ちがいい。

「やっ、そんなとこ……あっ……」

「あなたの匂いがするな……とても甘い」

「いや……あ……」

敏感な蕾を舐められながら、指を入れて掻き回されると、気が変になりそうだ。

形ばかり、フランツ様の頭に手を添えるけれど、力が入らない。

「あ……あ……っふ……」

ぐっと、脚に掛かった指に力を入れられ、さらに太股を開かされるのも背徳的な快感があった。

ぴちゃぴちゃと、猫がミルクを飲むような音が、暗がりに響いている。

時折、吸われたり、蜜壷に舌を入れられると、おかしいくらいに感じた。

「んっ……」

びくびくと震えながら、わたしは静かに絶頂した。

フランツ様がようやく顔を上げて、わたしの顔を覗き込んでくる。

「ああ、とても綺麗だ」

湿って額に張り付いた髪を撫でつけ、耳を愛撫しながら、彼が優しく笑った。

顔なんて赤くなって、口も開いて、みっともないと思うのに。

わたしは彼に届かない腕を伸ばした。

「来て……ください」

あなたも一緒に、気持ちよくなってほしい。

そんな気持ちが届いたのだろうか。

フランツ様の瞳に、ゆらりと炎が揺らめくのが見えた。

身体を少し斜めに倒すようにされて、片脚を高く折り曲げて上げさせられる。

留め具が外れ、でもまだ足先にストッキングの残った自分の脚が見えた。

背中からぴったりくっつくようにわたしを抱いた彼が、後ろからゆっくりと入ってくる。

「あっ……あぁ……」

心なしか、受け入れる肉茎が、いつもより大きくて固い気がした。

けれど、さんざん焦らされ、舐められたそこは、恥ずかしいくらい濡れそぼっていて、何の抵抗もなくそれを呑み込んでいく。

「吸い込まれるようだ。おまけにきゅうきゅう締め付けてくる」

フランツ様が感嘆するような声が聞こえた。

「やっ……あぁんっ」

勢いよくぐいっと、奥に挿入されて、高い声が出た。

入ってくる角度が違うからか、今まで知らなかったところにあたる。

目の前にちかちかと火花が飛んで見える。ぐいぐいとそこを押されるだけで、おかしいくらいに気持ちいい。

「ここが悦《い》いのか？」

フランツ様が目ざとくわたしの反応に気付いて、その知らないところを、狙って突いてきた。

「あああぁっ」

抑えようとしても抑えられない声が上がる。

とぷりと蜜が溢れるのがわかった。

「やっ……だめっ、そこっ……」

「ここだな、あなたの中が、吸い付いてくるようだ……」

感じるところに先端をぐりぐりと押しつけながら、フランツ様が後ろから手を伸ばして胸を揉んできた。尖りきった乳頭を引っ掻くように刺激され、もう何がなんだかわからない。

「やっ、両方は、ダメ……死んじゃうっ……」

「大丈夫だ。ほら、素直に感じて」

ぐちゅん、とまたそこを突かれ、収縮する内壁をこすり上げるように動かされた。

強く突かれるたびに、蜜が迸《ほとばし》り、内股を濡らす。

熱い、だめ、おかしくなる。気持ちいい。

自分でも何を口走っているのか、いないのかわからない。

「んんっ……」

少し不安定な体勢なので、いつもよりしっかり入っていない。うっかりすると抜けてしまいそうで、でも、出ていってほしくなくて、身体を彼に懐《なつ》くようにすり寄せてしまう。

身動きすると、いいところにあたって、さらに身体が貪欲に揺れ動く。

「ああんっ……あっ……」

「気持ちいいか？　エリーゼ」

「いいっ、気持ちいいです」

「ああ……可愛い」

ぐりんとまた体勢を変えられ、正面を向かされた。

身体を深く折り曲げられ、全身でフランツ様を受け止める形になると、彼が夢中になったように、唇を合わせてくる。

唇と舌をまるで食べてしまうように、しっかりと絡められ、唾液をすすられた。

「んっ……」

もう、何がどうなっているのかわからない。ただただ気持ちがいい。

「俺のものだ……誰にも渡さない……」

そんなふうに何度もささやかれて。

舞踏会の夜は、ひそやかに過ぎていった。

◇◆◇

少し気怠《けだる》さの残る身体を起こして隣を見ると、頬に涙の跡を残したエリーゼの顔が見えた。

銀色の髪がくしゃくしゃになって、あどけない寝顔はうっとりするほど美しいが、疲労の色が濃い。

昨晩はかなり無理をさせてしまった。

驚くほどに乱れて甘い声を上げてくれたが、それで許されるというものでもないだろう。

自分を律することには自信があったはずなのに、なんてざまだ……。

自己嫌悪を覚えながら、もつれた髪を指でキレイに撫でつける。

しばらくそうしていてからようやく人を呼び、湯浴《ゆあ》みの準備と、もう少し着やすいドレスと自分の着替えを持ってくるように言い付けた。

まだ朝は早いので、もう少し寝かせてやろうと思う。

手触りのいい髪をもてあそびながら、自嘲する。

嫌われてはいないはずだし、だんだん好きになってくれているとは思う。

一緒に孤児院を訪問した日は、エリーゼの考えをいろいろ聞けて感心した。

その後の街歩きでは、大胆に振る舞う彼女を心配したりもしたが、身分を隠して活躍する姿は小気味よくもあった。

自由で元気がよくて前向きなこんな女性をずっと傍らで眺めていたい。

自分の力が必要なときには、いつでも力になれるようにしたい。

そうして彼女の心が俺に傾くのをゆっくりと待つつもりだったし、待てると思っていた。

彼女はもう俺の妻なのだから、焦る必要などどこにもない。

頭で理解していたのに、彼女が自分よりあいつの方を気にしていると思ったとたん、その余裕が一瞬にして消え去った。

俺のことだけ見ていてほしい。

まさかそんな台詞《せりふ》を自分が口にすることになろうとは。

王位などどうでもいい。けれど、望むならそれすらも手に入れることはできる。

そうしないのは、ひとえに国の安寧を願い、無益な争いを避けるため。

そう思っていた。実際、自信もあった。

エリーゼだって、特に王位にこだわりなどないはずだ。人一倍聡明な彼女が、王太子妃の座を約束されていたにもかかわらず、悪い評判を消そうとも覆《くつがえ》そうともしなかったのだから。

彼女を知り、その人となりを観察するにつれ、見えてくるものがあった。

そもそもアルトゥールとの婚約破棄はエリーゼ自身が望んでいたことなのでは？

そう考えるに足る根拠はそれなりに多く、少なくともあいつよりは有利な立場にあるとは思っていたのに、舞踏会の場で、彼女の目がどこか心配そうにあいつを映しているのを見ると、まったく自信がなくなった。

彼女が惜しんでいるのは王位なのだろうか？　それともあいつ自身？

王位であるなら……俺はどうすればいい？

武威と力に物を言わせ、俺を支持する者を味方につけて奪えばいいのか。けれど、それが見当はずれのものであったら？

あいつを傷付けることでエリーゼを悲しませることになるなら？

自分の中にこんな衝動があるのを初めて知った。

恋とは人をこんなにも愚かにするのだ。

俺は前髪を掻き上げながら、自戒した。

衝動にまかせた軽率な行動は避けるべきだ。

まずは予定どおり夏の休暇をとって、率直にエリーゼと話し合おう。

すべてはそれからだ。

◇◆◇

舞踏会から数日経って、わたしは王城に出かけることにした。

先日、側室のシルヴィア様宛てに出した手紙に、色よい返事が来たからである。

比較的おとなしめだが品のよいドレスに着替え、届いたばかりの付け爪の試作品を持って、お城に向かった。

「いらっしゃい、よく来てくれたわ」

シルヴィア様は、褐色の艶《つや》やかな髪にフランツ様と同じ青灰色の目をした、すらりとした長身の美しい方だった。意外なことにレオナと印象が被る。

フランツ様はマザコンの気はない……よね？

胸はどちらかというと大きい方が好きだと言っていたのを思い返し、自分を安心させる。

「結婚式や舞踏会でもあったけれど、あまり話ができなかったから、機会を設けたいと思っていたのよ」

シルヴィア様は、日当たりのよい席に茶を用意させながら、屈託なく笑いかけてくれた。

考えてみれば今はこの方がわたしの義理の母上で、日本風にいうと姑《しゅうとめ》なのよね……ちょっと緊張する。

十七歳くらいでフランツ様をお産みになったはずなので、まだまだお若いし、お美しいのだけど……。

「わたしも是非、お話ししたかったから、嬉しいです」

どんな方かも知らない。

そうなるといつもの手管など使えるはずもなく、そもそも好きな人のお母様にそんなこともしたくない。だけど、フランツ様の話を聞きたいのも本音なので、できるだけ率直に心を伝えることにした。

シルヴィア様はキレイに塗られた唇を綻ばせる。

「わたしに見せたいものがあるのですって？」

「ええ。わたしの侍女の実家の商会が作ったものなんですけど……」

わたしは、ガラスのテーブルの上に色とりどりの付け爪をならべて見せた。

商会の技術者の手で、可能な限り細かな装飾を施してある。

これならわたしみたいに、普段、作業をしたり、子どもと遊ぶのに邪魔だから、などという身も蓋もない理由じゃなくて、単に気軽にお洒落を楽しみたい、とか爪のお洒落を取っ替え引っ替えしたい貴婦人にも役立つはず……。

と考えていたのに、シルヴィア様は、意外な感想を述べた。

「なるほど。これなら剣の稽古や乗馬をするときに取り外せて便利ねえ」

「はい？」

わたしは聞き違いかと思って、聞き返してしまった。

シルヴィア様はキレイに塗られた爪をひらひらと振って見せる。

「もう、うっとうしいから短く切ってしまいたいのだけど、人前に出るときはそうもいかないもの。わたしには打ってつけ。これ、商人から買えるものなのかしら」

「いいえ、その。シルヴィア様さえよければ、差し上げますので使っていただけたら、と……」

「あら、くださるの。嬉しいわ。ありがとう」

シルヴィア様はにっこり笑った。そうすると、少しフランツ様に似ている。

わたしが思わず見つめると、何を思ったのか、くすくすと声を立てて笑い出す。

「狐《きつね》につままれたような顔ね、側室がこんなふうなのは意外だったかしら？　今となっては実用ではなく健康のためだけど、剣もそれなりに使えるし、乗馬も得意よ。でも、フランツの母だと思えば納得でしょう？」

「い、いえ……失礼しました」

わたしは慌てて頭を下げた。確かに少しびっくりはしたけれども。

フランツ様も笑い上戸なところがあるので、そう言われるとそんな気もする。

「あなたも知ってのとおり辺境の田舎の出だもの。王宮の洗練された雰囲気にはいつまで経ってもなれないわ。公式の席には基本、王妃様がお出になるから、わたしはわりと自由にさせてもらっているの」

シルヴィア様は屈託なく言う。わたしは言葉に詰まった。

そう。我が国の王家では側室も正式に認められた身分で、大がかりな行事にはそろって出席されるけど、何かのときにクローズアップされるのはやはり正妃様だ。

わたしもこうしてお会いするまでは、シルヴィア様のことはとおりいっぺんのことしかよく知らなかったし。

「あら、そんな顔をする必要はないわ。わたしは自分で選んだのよ」

「選んだ……？」

とまどうわたしにシルヴィア様はうなずいた。

「側室としてでも陛下の傍に侍《はべ》るか。誰か貴族のたった一人の夫人となって大切にされるか。わたしには選ぶ自由があった。陛下もわたしを正妃にできないことを知っていたから、好きな方を選ぶようにと仰ったわ。少しも悩まなかったかと言えば嘘になるけど、わたしはこうあることを選んだの」

シルヴィア様は静かに言って、お茶に口を付けた。

わたしが手土産に持参した茶葉だ。隣国から取り寄せたもので香りがいい。

「ああ、これも美味しいわね。気が利く嫁でありがたいわ」

シルヴィア様が言う。

なんというか……直球だ。

最初にも思ったけれど……すごくレオナと被る。

シルヴィア様は少し遠くを見るような目をした。

「王城に来る前に、お父様にこんこんと言い聞かされたの。お前は側室なのだから、分を弁えて、常に正妃となる方を立てなければならない。悪戯に国を乱すような真似は絶対にするな……と。それは良かったたし、それほど苦でもなかったのだけど」

青灰色の目に少しだけ、影がよぎった。

「その教えを守ろうとするあまり、フランツにも過剰に足かせを押しつけてしまったのではないかと、後悔しているの」

わたしは目を瞬いた。

「足かせ、ですか？」

「そう、足かせ」

シルヴィア様は、寂しそうに言った。

「あなたは、側室の子なのだから、正妃の子であるアルトゥール様より目立ってはダメ。能力があることをひけらかしてはいけない。何事もほどほどにしておきなさい、と。あの子は『言われなくてもわかっているさ』と笑っていたけれど」

目の前の佳人は、ゆっくりと目を伏せる。

「いつか剣術大会でも、皆で狩りをするときでも、あの子はいつもそつなくこなすだけで、全力を出さなくなった。定められた役割はこなしても、前に出て人を率いようとしなくなった、ふとした瞬間にどこか冷めた目で笑うようになった」

「そんな……」

わたしはショックを受けた。

彼が何かを諦めているように思えたのは、気のせいではなかったのだ。

わたしは声が震えないように極力感情を抑えて言った。

「フランツ様が王位を欲しているとお思いですか？」

シルヴィア様はかぶりを振る。

「それはないと思うわ。そんな素振りを見せたこともないし、アルトゥール様のことはそれなりに可愛いがっているみたい。ただ彼より秀でるところを見せてはいけない。能力があると思われてはいけない、という教えが、あの子を縛っているのでは、と最近になってようやく気付いたの」

「ああ……」

彼女の言いたいことが、だんだん呑み込めてきて、わたしは胸の前で手を組んだ。

別に可愛い子ぶっているわけではなく、考え事をしているときのくせである。

フランツ様は王位が欲しいわけではない。

側室の子であり、王位継承権において、弟のアルトゥール様より下になることを、嘆いているわけでもない。

ただ、アルトゥール様の王位継承の正統性を疑われないように、彼より王にふさわしいなどと言われないように。

その能力を十全に振るえないことが、重石《おもし》となっているのだ。

お祖父《じい》様にあたる辺境伯や、シルヴィア様の教えとして……。

「でもね」

シルヴィア様は、明るい声で言った。

「あなたを見つけてからあの子は変わった。変に能力を抑えたり、遠慮をしたりしなくなった。そしてある日、わたしに言ったのよ。冗談めかしていたけれど、真剣な瞳で、ね」

『母上。俺はどうしても欲しいものができました。それだけはアルトゥールにも譲ることができないので全力で取りに行きたいのです。許していただけますか？』

シルヴィア様は嬉しそうに笑った。

「もちろん、ってわたしは言ってしまった。だってあんなに嬉しそうなあの子を見たことがなかったから。それは何、とも聞くことができずに、肯定してしまったの、そうして自分の本当の気持ちにも気付いたのよ」

「自分の気持ち、ですか？」

どうしてそこに、そんな言葉が出てくるのかわからず、わたしは鸚鵡《おうむ》返してしまった。

「分を弁えるなんてどうでもいいから、わたしはあの子に幸せになってほしい。わたしの子にしては出来すぎているくらい出来た子だから、悔いなく伸び伸びと生きてほしいのよ。だってわたしもそうしたのだから」

シルヴィア様の口元にはうっすらと笑みが浮かんでいた。

「あんなことを言われるぐらいだからわかるでしょう？　わたしの実家には王家と繋がって権力を得たいとか、発言力を強めたいとかいう野心はなかった。ただわたしが陛下に恋をして、彼のたった一人にはなれなくてもできる限り傍にいたいと願っただけ」

「恋をして……」

わたしはつぶやいた。

「そう。たったそれだけのことなの。もちろん、国民や他の誰かを不幸に陥れるようなことは避けるべきでしょう。でも、いろいろ先のことまで見越してあの子が自分を抑える必要はない」

シルヴィア様は歌うように言った。

「だから、わたしはあなたに感謝しているの。あの子に情熱を取り戻させてくれた」

「わたし…ですか？」

今の話にわたしが関係あっただろうか。

小首を傾げたわたしは、不意にある可能性に思い当たって目を見張った。

「まさか……」

シルヴィア様はにっこり笑った。

「そうよ。フランツはあなたのことが欲しかったの。元々アルトゥール様や陛下に直談判《じかだんぱん》して頼むつもりだったそうよ。少なくともお互い愛し合っているようには見えないからと言って。その矢先にあの騒ぎがあって」

「あああ……」

わたしは頭を抱えた。最初からおかしいと思うべきだったのだ。

フランツ様が学院でわたしを見初めて気に入ってくださったということがあったにしても。

何故、婚約破棄の騒ぎがあったその翌日に、わたしの家の処分を取り消し、すぐに結婚を申し込めたのか。

結婚には陛下の許しが必要だ。もちろん。

わたしの家の処分の取り消しには、シルヴィア様のご実家――ヴォルニウス辺境伯家の力添えがあったとも聞いた。それもどうしてそんなにすぐに助力を取り付けられたのか。

アルトゥール様との婚約破棄と、フランツ様との結婚は、表向き、第一王子と王太子が麗しい婚約者を巡って恋の鞘当てを行った結果、第一王子に軍配が上がったということになった顛末。

どれもこれも、元々、そういう話が進行していたから、ということなら納得できるわ。

卒業式のときといい、この間の舞踏会のときの態度といい、アルトゥール様は、全く何も知らされていなかった、というか、関与していなかったみたいだけど。

それをあの人はひと言も言わずに……。

わたしは熱くなった頬を押さえながら、シルヴィア様の方を見た。

「じゃあ、シルヴィア様は、わたしとアルトゥール様の婚約破棄についての騒ぎはご存じなのですね」

「ええ。ひととおりは聞いているわ」

シルヴィア様は、涼しい顔でうなずいた。

「その……かまわないのですか？　そのような女がフランツ様の……」

「まあ、今更ね」

シルヴィア様はころころと笑った。

「言ったでしょう。わたしはフランツが幸せなら、その他のことはどうでもいいの。それに、気の利く嫁でありがたいとも言ったわ。わたしは自分の目で見たものしか、そうそう信用しないのよ」

「……それも手管かもしれません」

苦し紛れにわたしはうつむいて、いつか使った台詞を言った。

なにか、いろいろ恥ずかしい。

「面白いわね。だったら一生、騙してちょうだい」

わたしの義母になる人は、口元を扇で隠しながら、ほほほと笑ったのだった。

「……なんだか、わたし、フランツ様のご家族には、一生、かなわないような気がします」

高原にあるという避暑地に向かう馬車の中で、わたしは数日前のことを思い出してそう言った。

「……アルトゥールも国王陛下も家族と言えば家族だが」

「あ、そうでした。主にお義母様《かあ》の系統ですね。辺境伯家にうかがう日が怖いです」

「特に予定はなかったが、期待されているなら計画を立てようか。行き帰りにかなり時間を要するが」

「けっこうです！　いえ、いつかは、とは思いますが、しばらくは勘弁してください。キャパオーバーですので！」

わたしは顔を引き攣らせて手を振った。

シルヴィア様とお会いした後、わたしはフランツ様ご自身のことは伏せながら、主にわたしとのことを確かめた。

フランツ様は、あっさり肯定して、「最初に求婚に言ったときに言わなかったか？」と不思議そうな顔で言った。

そりゃ、以前からひそかにわたしを好きだった的なことは言われましたけど、没落前提でパニックになっていた最中で、深くは考えなかったですし！　求婚時の常套句《じょうとうく》ですし！

婚約破棄があってから、渡りに船とばかりに申し込まれたのと、それ以前から想ってくださっていろいろしていた、っていうのはだいぶ違うと思う。

ぐちゃぐちゃ考えつつ、わたしは赤くなったり青くなったり忙しい。

だって結婚の顛末がそのとおりだったってことは、シルヴィア様が語ってくださったフランツ様の心情もそのとおりかもしれなくて。

その……前から好きだとは言ってもらっていたけれども。

わたしは、ちらりと隣のフランツ様を見やった。

彼はにっこり笑って、わたしの手を握ってくる。

「今日はいつにもまして可愛いな」

「そ、そうですか、そんなことは……ドレスが新しいものだから？」

「それだけではないと思うが」

フランツ様はしげしげとわたしの格好を眺めた。

このお出かけのために新調した鮮やかな黄色のドレスは、ひらひらしてちょっと蝶《ちょう》のようだ。

体型は理想のところを保っているので普段からコルセットはきつく締めないけど、バカンス用のこれは、特にゆるめに締めても入るようにしたので、かなり自然な身体のラインが出ている。

太くはないけれど、まろやかで女らしいそれは、それなりに鑑賞に堪えうる……はず。

わたしは脳裏にちらりとよぎった、レオナやシルヴィア様のすらりとした体型を打ち消し、胸を張った。

大丈夫、大丈夫。フランツ様はマザコンの気は……。

彼は、にやりと笑った。

「それだけではないが、確かにその姿も魅力的だ」

あっ、と思う間もなく、引き寄せられて膝に乗せられる。

フランツ様は普段の軍服だが、生地は夏向けに薄手になっているらしい。

今日からは彼が苦労して捻出したらしい休暇を使い、高原の湖が近くにある別荘に一週間ほど滞在する予定になっていた。

嬉しい。

自然に顔も緩んでしまう。

「奥様は、今日は機嫌がいいな」

「だって、フランツ様と一緒にお休みできるのですもの。初めて行く土地ですし！」

「ああ……本当に可愛い」

そう言いながら、軽く唇にキスされる。フランツ様も楽しそうだ。

「王宮から離れた場所で、あなたを独り占めできるのは最高だ」

などと、傍からみたらバカップルだと幻滅されそうな会話を繰り広げつつ。

早朝から馬車を走らせ、太陽が傾いた頃、ようやく目的地に着いた。

しかしだ。

「フランツ！　いらっしゃい」

馬車から降りた途端、明るく声をかけられて、わたしの気分は急降下した。

フランツ様のものだという別荘の玄関横に立って、屈託なく手を降っている女性が一人。

淡いグリーンのドレスに、赤みがかったブロンドが印象的だ。

「……カトリナ。君か」

う……またスレンダー美人。

どうしてこうも続くのか。

背丈は今更どうしようもない（特に高くないだけでわたしの背は平均的だ。念のため）けれど、やっぱりもう少しダイエットしようかしら。

などと迷いつつも、表面上は笑顔を保って、わたしはフランツ様の腕を引いた。

「どなたですか？」

「ああ。母方の従姉妹《いとこ》になる、カトリナ・バルテン。子爵夫人だ。君も避暑に来たのか？」

「ええ。うちは毎年、一ヶ月はここに滞在よ。湖に水を汲《く》みに行こうとしたら、あなたの物らしい馬車が見えたから走ってきたの。こちらは？」

「エリーゼ。妻だ」

カトリナと呼ばれた女性は、目を大きく見張ってわたしを見た。

「エリーゼ。その銀色の髪と紫水晶の瞳！　もしかしてシュヴァーゼル公爵家のお嬢さん？」

「はい。旧姓はアーベントロートです。初めまして、カトリナ様」

わたしはドレスを摘《つま》んで、ちょっと気取って挨拶をした。

子爵夫人――既婚者だと聞いて、少し安心したけれど、胸はまだざわついている。

従姉妹だというから、きっと小さい頃からの知り合いで、呼び捨てもおかしくないのかもしれないけれど。でも！

「カトリナです。初めまして。噂にたがわず妖精みたいにお美しい方。フランツが結婚したっていうのは本当だったのね」

カトリナさんは頬に手をあてて、ほうっと溜息をつく。お世辞でなく感心してくれている様子にやっと気分が少し上向いた。

容姿を褒められるのは好きだ。

フランツ様が横で眉をひそめる。

「水を汲みに行くだって？　君の仕事ではないだろう。使用人はどうした」

「それが元々少ない人数だったのが、夏風邪かなにか、高熱を出してバタバタ倒れてしまったの。残りの者に厨房《ちゅうぼう》と子守は任せているからせめて庭に水を撒《ま》くくらいはしようかと。涼しくなるし」

カトリナさんが手に持った小さなバケツを示すとフランツ様が溜息をつく。

「仕方がないな。貸せ。俺が汲んできてやる。エリーゼ。済まないが先に家の中に入っていてくれるか？　俺は彼女の家の様子を見て、場合によっては使用人を一部貸しだそう」

「わかりました」

わたしはもやもやを抱えつつ、どうしようもなくうなずくしかなかった。

御者に荷物を持ってもらって、別荘に入っていく。

思ったよりこぢんまりしているその建物は、けれど、日当たりも風通しもよく、手入れが行き届いていて気持ちがよかった。

二階のバルコニーからは、湖が一望できる。

沈みかけた夕陽が、水面をオレンジ色に染め上げて、キラキラと光っていた。

「キレイ……」

本当だったら、フランツ様と並んでこれを眺めるはずだったのにな、と、残念に思う。

でも旅先で使用人がいきなり複数倒れてしまったら不自由だし、仕方ないわよね……。お子さんも居るみたいだし。大変。

無理に自分を納得させながら、夕陽が水の中に完全に消えてしまうのを見守る。

ああ、でも逆に考えれば、お子さんがいるのにあの体型なの？　よく考えたらシルヴィア様もそうよね？　辺境伯家って何を食べているだろう？　それとも運動量？　カトリナさんも剣が使えたりするのかしら。

バルコニーの手すりに頬杖《ほおづえ》をついたわたしが、とりとめもないことに考えをめぐらせていたときだ。

「このへんは夜になると涼しくなる。身体が冷えるぞ」

フランツ様が、後ろからわたしをすっぽりと抱き込んだ。

「フランツ様」

思わず声を弾ませるけれど、先ほどのカトリナさんの〝フランツ〟と呼び捨てにする声が、耳の中に蘇《よみがえ》って素直になれない。

気になるくらいなら、自分も呼び捨てにすればいいと思いながら、そうすぐには切り替えできなかった。

「カトリナさんの家はもういいんですか？」

「ああ、うちの方から二人ほど使用人を手伝いに行かせたから心配はいらない。子爵が後から合流予定で来ていないのに加え、倒れたのが男性ばかりで男手が足りなかったようだ。それより済まない。あなたを一人にして」

「いいえ。素晴らしい景色でしたから」

そういえば、呼び捨てだけじゃない。フランツ様は彼女に〝君〟と呼びかけていた。わたしに対しては〝あなた〟なのに。

それってどういうこと？　フランツ様と彼女はどういった関係なの？

落ち着くのよ、従姉妹だって言ったじゃない、とわたしの中の理性がささやく。

辺境伯周辺の繋がりだ。周囲にはそれほど街や人も多くなく、フランツ様と彼女は、お互いを遊び相手として育ったりしたのかもしれない。年齢も近いようだし。

やきもきしているとフランツ様が不思議そうに首を傾げた。

「エリーゼどうした？　食事にしよう。今日は湖で捕れた魚を料理してくれるそうだ」

わたしは無理に笑顔を作った。

「嬉しいわ。魚料理は好きです」

「新鮮だからひと味違うぞ」

フランツ様に促されて食卓に着く。香草のいい匂いがする。

魚介のスープに、高原野菜のサラダ。淡水魚のムニエル。

パンもふわふわで最高。こちらの別荘の料理人もいい腕ね。

珍しい料理を味わっているうちに、沈んでいた気分も上向きになっていった。

フランツ様が思い出したように言う。

「ここでは星もよく見えるんだが、この後、少し観測しないか？　二階のさらに上に小さな部屋があって、遠見の筒もあるんだ」

「本当ですか？　是非」

フランツ様も何か感じたのか、いろいろと気遣ってくれる。

乗せられているなと感じながらも、わたしに対して心を砕いてくれるのが嬉しかった。


湯浴みをした後、彼の指示に従い、ナイトドレスではなくもう一度、昼間の服を身に付けた。

フランツ様も昼間の格好だ。少し冷えるからと、上衣を羽織るように言われる。

天井の低い屋根裏部屋めいたところは、斜めに大きな窓がついていて、全開にすると確かに星がよく見えた。フランツ様と一緒に床に座りこんで一緒に空を見ているうちに、わたしは着いたばかりのときのもやもやはどこかに行ってしまった。

「見てください。あちらの明るい星たち。なんだかヤギの形みたい」

「どれだ？　なるほど……エリーゼは面白いことを考えるな」

当然と言えば当然だけれど、前の世界とは星の並びが違う。

星座という概念もないようで、あれは明らかにそうだろうと思える星の一群を指して言うと、ちょっと笑われた。

あれはどうみてもヤギに見えるんだけどなあ……。

星座って確か、ギリシアのあたりの文化だけど、日本でも特徴的な形の北斗七星とかオリオン座とかは、なんか結んで意味付けしたはずだし。こっちではそんな感覚ないのかしら。

こんなとき、前の世界とこの世界の違いを感じて不思議に思う。

こちらの世界は前の世界ほど科学は発達していない。けれど、魔法があるからたいがいのことはそれで補えて便利に暮らせる。

でも歴史の本を見ると、科学も徐々に発展はしているみたい。

時が経てば、この世界でもロケットが飛んで月に行ったりするのだろうか。

星の並びは違うけれど、月は前の世界とは違うもの？　そもそもここは地球なのかしら。

そんな話を誰かにしてみたい……と思うけれど、別の世界からの生まれ変わりなんて、自分であっても荒唐無稽に思えて言えないなあ。

わたしはフランツ様をちらりと見た。

フランツ様は不思議そうにわたしを見返す。

「エリーゼはやっぱり星の姫だな。髪の色もそうだし。本当は、星の世界からやってきたんじゃないか？」

大きな手で頭を撫でられる。

「いえ、そのこれは単に母方の遺伝で……」

ごにょごにょと言いかけたけれど、フランツ様がなんだか微笑ましそうににこにこ見ているので、なんだか、どうでもよくなった。

ふざけているだけよね。

ある意味、別の世界からきた、といえばそうだし。

「少し喉が渇いたな。果実の汁でも持ってこさせようか」

「え、でもこんな時間ですし……」

だいぶ長く星を見ていたから、もう真夜中近いはず。

使用人を起こすのは可哀想だ。

「それもそうだな……じゃあ、俺が行ってくる」

フランツ様は、さらりと言って立ち上がる。基本、フットワークが軽いのよね。

使用人を使うべきときは一歩も動かないのに、こういうときはさっと立てるところが素敵だなあと思う。

わたしもそうありたいけど、今日はフランツ様の挙動が速かったから甘えることにした。

この部屋までの、少し狭い階段を下りていくのをなんとはなしに見守っていると、階下から物音が聞こえた。来客があったようだ。

え、こんな遅くに？

起こさないように気を遣ったにもかかわらず、使用人達が起き出す気配がする。まだ寝てはいなかったのかもしれないけど、時間外労働……緊急事態っぽいから仕方ないか。

フランツ様が玄関先で誰か人と話している。やがてこちらに戻ってきて眉を下げた。

「エリーゼ、済まない。カトリナの子ども達が高熱を出しているそうだ。不安がっているので少し様子を見てくる」

「え……」

どうしてフランツ様が……と、ちょっと思ったけれど、そんな場合でもない。

ためらったのは一瞬で、叫ぶように言った。

「わたしも行きます！」

フランツ様は驚いたようだが、すぐに了承してくれた。

カトリナさんの別荘はすぐ傍らしく、馬車は出さずにカンテラを持って道を急いだ。

歩きながらフランツ様が、自分は騎士団などの経験で、多少の応急手当ての魔法を心得ているから呼ばれたのだと説明してくれた。そういえばカトリナさんの家は使用人が熱で倒れて大変なのだと思い出して、己の狭量をちょっと反省する。

「わたしも冷やすくらいならできるのでお手伝いします。でも使用人に続けてお子さんもだなんて、何かうつる病気なのでは？」

「いや、どうも医者の見立てでは何か悪いものを口にしたようだとか……ともかくうつるようなものではないらしい」

「悪いもの……」

食中毒的なにかかしら。

ともかく急いで到着すると、憔悴《しょうすい》した様子のカトリナさんが出迎えてくれた。ストロベリーブロンドを緩く束ねて前に垂らした姿をみると、昼に見たときより年上のように思える。

「こんな夜にごめんなさい。エリーゼさんまで……」

「気にしないでください。子どもの病気には多少、慣れているので……」

これは出任せではない。

孤児院を回っているうちに、そういう経験も積んでいた。

案内されて子ども部屋にいくと、五歳くらいの双子らしい男の子と女の子が、額に汗を浮かべ、ぐったりと横たわっていた。

メチャクチャ可愛いけど、とても苦しそうだ。子どもが苦しそうなのはいやだ。

医者は来ていたが、とりあえず安静にして冷やすようにだけ言って帰っていったらしい。

手を出そうとするフランツ様を制して、わたしは水の精霊の力を行使した。

フランツ様が使える魔法がどういうものかわからないけれど、ただ気温を下げたり冷やすだけならたぶん、自然に頼るわたしの方が得意だろう。

ひんやりした風が部屋の中を流れていく。

わたしは手の温度を下げて、子ども達の額にあてた。

しゅううっと、急激に下げないように熱を吸収する。

少し呼吸が楽になった様子のふたりをみてほっとしながら、違和感を覚えた。

熱があるのに、顔色が青白い。

手首の脈をみると、ひどくゆっくりなようだった。

わたしはカトリナさんを振り返った。

「お水は与えましたか？」

「え、ええ、多少は……ただ、あまり飲みたがらなくて」

「飲みたがらなくてもどうにか飲ませてください。冷たい水に……塩と砂糖を用意してもらえますか？　あと柑橘系《かんきつけい》の果物とスプーンがあったらそれも」

「……！」

カトリナさんも何か気付いたように、はっとして慌てて部屋を退出する。ほどなく、お水が入ったグラスに、砂糖と塩、それにライムに似た果実がお盆に載って出てきた。

わたしは遠い記憶にしたがって、砂糖をほどほどと、塩をひとつまみ水に混ぜ、ついでに果汁を搾った。爽やかな香りがする。

「エリーゼ……それは」

フランツ様が不思議そうに言うのを手で留《とど》める。

こんな夜中に、家の中で……しかも高原のここはさほど気温は高くない。

けれど、子ども達の様子は、熱中症の様子に酷似していた。

そしてわたしは、こういう状況に覚えがあったのだ——遠い日にプレイしたゲームの中で。

わたしは子ども達の首筋や額を手で冷やしてやりながら、スプーンですくって、間に合わせの経口補水液もどきを口に入れてやる。

最初は嫌がっていた子ども達も、砂糖と果汁で飲みやすくしたからか、だんだんよく呑み込むようになっていった。

「わたしもやるわ」

カトリナさんが言うので、わたしは男の子を、彼女は女の子を受け持った。

「俺も手伝おう」

フランツ様が言うので彼に子どもを横抱きにしてもらい、わたしは与える役に回った。カトリナさんにも、普段、子守をしている人だろうか？　中年の女性が補助についていた。

用意したものを全部与え終わる頃には、二人の様子はだいぶ様子が落ち着いて、ただ安らかに寝ているだけのようになっていた。

「よかった……」

カトリナさんが、ほっと息をつく。

「本当に、いくらお礼を言っても足りないわ。なんでこんな場所のこんな気温でこうなったのかわからないけれど」

「それは、わたしに心あたりがあります……が、今日はまず、お休みになってください。カトリナさんが倒れては元も子もないので。他の熱で倒れた人も、同じような対応で回復すると思います。ただ」

わたしは、真剣な目で彼女を見つめた。

「この病気にすぐ利く特効薬として、青い……透明で青いガラスのような結晶の薬を持ってくる者がいても決してそれを口にしないでください。子ども達や使用人にも注意を徹底して。それを飲むと一時、症状は治まるかもしれませんが、もっとひどいことになります」

「それは一体……」

カトリナさんは目を見張ったが、わたしの必死の様子を見てとったのか、すぐにうなずいた。

「わかったわ。青い薬ね」

「はい。そして、できればそれを売りつけてきた状態とか、人物の風体とかをフランツ様かわたしに教えてくれたら助かります」

「了解よ。また落ち着いたら教えてちょうだい」

「エリーゼ……」

フランツ様が気遣わしげにわたしを見たけれど、すぐに説明することはできなかった。記憶にあるものとは違うけれど、これはゲームのあるルートにある現象だったので。


その後、わたしたちは、フランツ様の別邸に戻り、泥のように眠った。

翌朝、物問いたげなフランツ様を制して、まずは食事をする。

「エリーゼ。昨日のことは……」

「すみません。後から必ず説明しますから先に手紙を一通書いていいですか？」

わたしは必死に頼んだ。実際、何から伝えればいいかわからない。

王都の様子も調べたいし……。

わたしは、自分に与えられた部屋に入ると持参した文箱《ふばこ》から、一通の手紙を取り出した。別に中味が読みたかったわけではなく宛先があやふやだったからだ。

彼に連絡するのは最後の手段にしたかったけど……。

そんなことを言っている場合じゃない。

「俺はそんなに頼りにならないか？」

背後から声をかけられて、わたしはびくっと、背中を強張らせた。

誰かって、フランツ様に決まっているけど、いきなり脅かされるのは苦手だ。

どう言ったらいいか思い悩んでいるのもあって、少しだけ早口になる。

「そんなはずないじゃないですか。ただ午前中の便に間に合うように手紙を出したくて。後からちゃんと、説明しますので……」

フランツ様はつかつかと近寄ってきて、紙にペンを走らせようとしたわたしの手を掴《つか》み上げた。

え――？

いつも大人で余裕のある彼らしくない、少し強引な仕種に思わず目を瞬かせる。

「フランツ……様？」

彼は青灰色の目を細め、悔しげに唇を引き結んでいた。

「あいつが王太子だからか……大事のときにはあれに相談するしかないと？」

「何を言って……」

「それはアルトゥールの紋章だろう」

フランツ様はわたしが取り出した手紙を指し示した。赤い封蝋《ふうろう》には、確かにアルトゥール様の印である、百合の紋がついているけれど、これは……。

「あ、違います。王太子庁宛てではあるんですけど、実は……」

わたしは慌てて弁明しようとしたが、フランツ様はそれを遮った。

「いい。俺が狭量だった。解消したとはいえ、ずいぶんと長いこと婚約者だったのだ。何かあったとき、あなたが彼に頼るのは当然だ」

彼はうつむいて言った。わたしの手を離す。

「少し頭を冷やしてくる。あなたはゆっくりと手紙を書くといい」

「フランツ様！」

彼は踵を返して部屋を出ていった。わたしは呆然《ぼうぜん》とする。

誤解されたのはわかった。わたしがアルトゥール様に手紙を書こうとしたと思われたのよね。

大事が起こったときはフランツ様よりアルトゥール様を頼りにするのだと。

その理由が、彼が王太子だから？　長い間、婚約者だったから？

そんなわけないじゃない。

思考を整理して混乱が収まってくると、だんだん腹が立ってきた。

すぐに説明ができなかったのは、どう言っていいかわからなかったからだ。だから取り急ぎ、手紙を書いて頭を整理しようと思った。

急ぎとはいえ一分一秒を争うってほどでもないのに、説明から逃げたいあまりにそっちを優先してしまった。それは悪かったと思う。

アルトゥール様は関係ない。ただ王太子付きのある人物に連絡を取りたかっただけなのだけど……。

それはすぐに弁明できる。

だけど、それよりも……。

わたしは、ダン、と机を叩いた。

長い間、婚約者だったからって……それを言うならフランツ様はカトリナさんと従姉妹で幼馴染《おさななじみ》だから、あんなに親身になるのよね。

わたしがそれで、昨日、どれだけもやもやさせられたと思ってるの！

思い知ってもらわないと我慢できない。

わたしは部屋を急いで走り出た。

広めの居間のソファに座って、額に手をやり、何やら物想いしているらしい彼に向かって叫ぶ。

「フランツ！　フランツ・アクス・フォルゼンシュタイン！」

勢いづいて、フルネームで彼の名を呼んだ。

フランツ様……フランツが、驚いたようにわたしの顔を見る。

わたしは彼の元に駆け寄り、傍らに座って両手で彼の頬を挟んでこちらに向けた。

「わたしが、一番、頼りにしていて、愛している人が誰か知りたいですか？」

「エリーゼ……？」

状況が把握できなくても、わたしが怒っているのは理解できたのだろう。フランツ様が驚いたように目を瞬かせる。

わたしはその唇に唇を重ねた。

舌は入れない。触れるだけのものだけど、かなり強く押しつけたままにした。

満足するまでそうしてようやく唇を離すと、わたしは彼を睨み付けた。

「人の話はちゃんと聞いてください！　バカ！」

叫ぶようにそう言って、その場を逃げ出す。

「待ってくれ！」

フランツ様が呼んでいるけど止まる気はない。

頭を冷やしたいのはこっちの方……何より、めちゃめちゃ恥ずかしかった。

わたしは別荘を出ると、うろおぼえに道を走って湖の方に出た。かなり走ったところで後ろを窺うと、フランツ様の気配はない。

彼に本気で追われたら振り切れるとは思えないのでたぶんその気はないのだろう。

ほっとしたような、寂しいような気分でわたしは歩を緩めて、湖畔に沿って歩くことにした。

水の匂いがする。湖の上をわたってくる風が涼しくて気持ちがいい。

わたしは昨日のことを思い返した。

フランツ様の対応にもやもやはしたけれど、子どもを助けたことに後悔はなかった。

そもそもカトリナさんとフランツ様が変な関係とかありえない。カトリナさんはいいお母さんみたいだったし、フランツ様だってそんな人じゃない。

単にわたしが子どもっぽく、ヤキモチを焼いていただけ。

でも、それを言うならフランツ様だって……そうじゃない？

そう……あれは、彼のヤキモチだ。

わたしは急に目の前が晴れたような気がした。

一旦、気付くとそうとしか考えられない。

アルトゥール様に罵倒されて婚約破棄されたわたしに対してバカなことを、と思うけれど、それを言うならわたしだってかなりバカだった。

王太子が、とか言っていたから、お義母様から聞いた、王位関連の複雑な思いも絡まっているのかもしれない。

わたしにとってフランツ様は、大人でいつも余裕がある態度で、ちょっと非の打ち所のないような人だったから、ヤキモチとか考えられなかったけど、彼だって普通の……とはかなり語弊があるけれど、普通に傷付いたり間違ったりすることもある、一人の男性だ。

そんな彼が……とても愛しい。

わたしは髪を風の吹くままに靡《なび》かせながら、自分の中に満ちていく想いに圧倒されていた。

この間の街歩きで、十分好きだと思ったけど、まだ先があったらしい。

それはなんて素敵なことなんだろう。

ゆっくりと湖のほとりを一周して別荘に戻ると、玄関のあたりに立っている背の高い姿が見えた。わたしは、思わず小走りになりそちらに寄っていく。

「フランツ様！」

駆け寄るわたしに彼は一瞬、顔を輝かせたが、すぐ気まずそうに視線を落とした。

「悪かった。あなたを責める気などなかった。それに何やら誤解があったようだ……」

わたしはうなずいた。彼の手紙は机の上に広げていたので、たぶん中を見たのだろう。

見られて困る内容ではないので、もちろんかまわない。

「あの、わたし、ちょっと昨日は、ヤキモチを焼いていていました」

フランツ様の言葉に直接返事はせずに、まずは自分のことを告白する。

「ヤキモチ？」

フランツ様は驚いたようだ。まったく自覚がなかったらしい。

「だって、カトリナさん、フランツ様を呼び捨てにするし、フランツ様は〝君〟って言うし、夜でもすぐに出かけていくし……」

フランツ様は眉を下げた。

「誤解だ。そもそも彼女とは十以上離れている。結婚前に、母のところに行儀見習いに来ていて、幼い頃には遊んでもらった。俺からしたら、ちょっと若い母親みたいなものだ」

「でも〝君〟って……」

「それこそ、彼女が俺を呼び捨てにしていつまでも子ども扱いするからだ。なんとか威厳を保とうとして、そう呼び始めたら習い性になった」

「威厳を保つ……」

今のフランツ様からは考えられないような言葉だった。年上の従姉妹に対抗して、ちょっと背伸びして呼び方を変える少年の姿が思い浮かぶ。

わたしはくすりと笑った。

「フランツ様にもそんなときがあったんですね」

彼はちょっと渋い顔をした。

「多少バツは悪いが否定はしないな、そもそもあなたは俺を買いかぶりすぎだ。言っただろう？俺は単にあなたを崇拝する一人の男にすぎないと」

「いえ……聞いてません」

「それは失敗した。じゃあ是非、今日から覚えていてくれ」

フランツ様は、明るく笑った。

「もうフランツ、とは呼んでくれないのか？」

わたしは、彼を睨んだ。

「だったら、『あなた』ではなく『君』と呼んでください」

「お安いご用だ」

言いながら、フランツ様は、わたしの腕を引いて、あっという間に胸に抱き込んだ。

「エリーゼ。君を愛している」

「わたしも……」

わたしも夢中になって、彼の背中に手を回した。

「わたしも……愛してるわ。フランツ」

彼はちょっとだけ身体を離して、優しくわたしの顔を覗き込んだ。

「では仲直りだ」

「そもそもケンカをした覚えはないのですけど」

「それは困ったな」

フランツ様……フランツは大袈裟に眉を上げた。

「じゃあ、秒でケンカして、秒で仲直りするとしよう」

「なんですか、それ」

わたしは声をたてて笑った。

ああ……本当にこの人が好き。

ひとしきり笑ってフランツを見上げると、彼も笑っていた。青灰色の目がいつもより明るくてとてもキレイ。

顔が自然に近付いた。

唇が重なる。

もう何度となく繰り返した行為だけど、とても幸せだと思えた。


わたしたちは、別荘の中に入り、昨日のできごとを整理した。

この気候で、しかも夜で熱中症はありえない。

医者は悪いものを飲んだ、と言っていた。

でも、そんな状況を引き起こすものをわたしは知っている。

火蜥蜴《サラマンダー》を殺して乾燥させ、すりつぶした粉を、決まった手順でいくつかの薬草と混ぜ合わせ、呪いをほどこした粉末。それを風上からばらまいて風下にいた者に吸い込ませると、ちょうど熱中症に似た反応を起こすことができる。

治す方法は昨日のような熱中症に対するもので問題ない。

無理矢理拘束して直接、多量の粉を吸わせるとかしない限りそこまで重症化はしないし……厄介だがそれほど怖いものではない。それに主原料となる火蜥蜴は砂漠の国にしか生息しない、捕まえるのも難しい生物だ。用途も沢山ある、かなり貴重な魔法材料として知られている。

軽く寝込ませるだけが目的なら、普通、こんなことはしない。

問題は、熱中症になりようがない環境でそうなってパニックを起こした者に対して、言葉巧みに売りつけられる青い結晶だった。

火蜥蜴の粉によって引き起こされる症状を一瞬で緩和できるそれには、麻薬のような中毒性がある。

いや、あれはこの世界でいう麻薬なんだろう。

炎症を癒やすに留まらず、摂取すると清涼感を覚え、身体が軽くなり、一時的に頭の回転が速くなって気持ちがよくなる。

けれど、切れると倦怠感《けんたいかん》が起こり、またそれが欲しくなる。

つまり依存性と中毒性がある。

フランツになんでわたしがそんなことを知っているかを説明しづらかったのだけど、外国に見られた事例だということで、曖昧に濁した。

さらに追及されるかと思ったけど、彼はストレートに情報だけを受け取って、吟味しているようだ。

「問題は、なんでカトリナの家がそのターゲットになったかだな」

「カトリナさんの旦那さまは子爵と言いましたよね。何をなさっている人なのですか」

「男性である彼が子爵だが、受け継いだのはカトリナの方だ。元々彼女の父が俺の母の弟で、辺境伯家に付随する爵位の一つを……ああ、そういうことか」

カトリナさんの家を手始めに、ヴォルニウス辺境伯一族を狙った陰謀。

もし一族の主要な人達がそろって麻薬中毒になれば、国境を狙う軍備そのものが危うくなる。

わたしは身震いした。

手口こそ同一ではあるけれど、ゲームとは成り行きが違ってきている。

そもそも主犯がゲームと同じかどうかもわからない。

麻薬蔓延《まんえん》の危機。

それはレオナのアルトゥールルートの分岐によって起こり、レオナによって解決されるはずなのだけれど……。

放っておけば、麻薬中毒の犠牲者をどんどん増やすことになってしまう。

フランツはわたしの手を握って見つめた。

「エリーゼ、済まないが休暇は切り上げることになりそうだ。君の力が借りたい」

「わたしもそう思っていました」

わたしは不敵に笑った。

主犯が誰であろうと、わたしたちの国を好きにはさせない。

そしてわたしとフランツが力を合わせれば、不可能なことは何もないように思えた。

このところ大人しくしすぎたから、ちょうどいい。

清楚系悪役令嬢エリーゼ、本領発揮といきますか。

第四章　清楚系悪役令嬢の逆襲

――君はどうなんだ？　エリーゼは本当に直接、君にひどいことをしていたのか？


その人の目は落ち着いた青灰色をしていた。

アルトゥールの兄上だと言うけれどあまり似ていない、底知れぬ大人びた瞳だ。

一切のごまかしを許さないその目に見つめられると、心の奥に隠したものが暴かれそうでちょっと怖かった。

「おはようございます、レオナ様。身支度はお済みですか？　お客様がいらしてます」

侍女が扉の外から声をかけてきた。

「来客……誰かな？」

またダニエラだろうか。

侯爵家の養女になったとはいえ、そんなのは形だけだ。

行儀見習いとか王太子妃教育もかねて王城の一角である離宮に住まわされているわたしを、ダニエラは足繁《あししげ》く訪ねていろいろなことを教えてくれる。

王族のあれやこれやに慣れない自分の面倒をみて、よくしてくれていると思うものの、彼女のことは正直ちょっと苦手だった。

今日は忙しいから帰ってもらうよう伝えてと指示しかけたところ、続く二言目で跳び上がった。

「マティアス・ハーツ様と名乗られてます」

「通してちょうだい！　すぐに」

叫ぶように言うと、ほどなくして、笑いながら本人が現れた。

「相変わらず元気がいいな、お前は。外まで声が響いていたよ。もうすこしおしとやかにしないと王太子殿下に呆れられるんじゃないか」

「そんなのは今更だからいいもの。兄上、久し振り」

自分でも声が弾むのがわかる。兄は困ったように首を傾げた。

「もう正確にはお前の兄ではないけどね、未来の王太子妃殿下……今は侯爵令嬢と呼ぶべきかな、レディ？」

たしなめるように言われて唇を曲げる。

「公では取り繕わなければいけないけれど、私的な場所なら構わないと教えられてるわ。そんな意地悪を言わないで……寂しすぎて、ダメになってしまう」

「はいはい……いつも直球だね、お前は」

兄は苦笑しながらも、ようやくうなずいてくれた。

「この間の舞踏会では、ろくに挨拶もできなかったから来てみたが、意外に元気そうだ。父上や母上に知らせたらほっとされるだろう」

　安心したように言われるのに、思わず顔を曇らせてしまった。

「元気は……正直、あまりなかったかも。兄上は王立騎士団員だよね、団長である王子殿下のことはよく知っている？」

「フランツ様か？　ああ、まあそれなりには」

　兄は意表を突かれたように言う。

　わたしは思わず両手を胸の前で握り合わせた。

「その……彼はどういう人？　悪女を傍においた飼い慣らすのが趣味とか、もしくは悪女と手を組んで、アルトゥールを排除して王位を狙っているとかそんな人なの？　そうは見えなかったけれど、それはわたしが世間知らずだから？」

「おいおい……ちょっと、そんなぶっそうなことを言うときは声を潜めてくれ」

「……むぐ」

　おっとりめの兄が珍しく慌てて、わたしを羽交い締めにして、手で口を塞いできた。

　息が苦しいけど確かに大声で言うことではなかった。

　ちょっと反省して気を静める。

　わかったから離してほしいと兄の腕に手を添えると、彼はようやく手を離して、わたしの正面に回り、目を覗き込んできた。

「それで？　どうしてそんなふうに思うんだ？」

「エリーゼとその実家を庇ったのみならず、彼女と結婚したっていうから。それにこの前、本当にエリーゼにひどいことをされていたのかって、訊かれた……」

「なるほど。ともかくお前は落ち着いてどこかに座れ」

穏やかな声で言われてそれに従う。

兄も正面の椅子に座り、慎重に口を開いた。

「俺も団長の女性の趣味までは知らないが、悪女を飼い慣らすとかそんな特殊なヤツなら評判になっているはずだし、そんなふうなことは聞かないな。そして王位にはこだわっていないと思う」

「本当に？　だって側室の子だというだけで、年上なんでしょう？　だったら……」

「だからそういうことを言うときは声を抑えろ」

兄はちょっと怖い声で言った。

「いいか？　口を挟まずによく聞け。我が国は原則、正妃の産んだ男子の方が継承権は上だ。けれど原則というだけでそこまで厳密なわけじゃない。国王陛下が別の方がよいと判断したら、また有力な臣下が複数、強くどちらかを支持したら、継承権がひっくり返った例は多い」

わたしは身体の前で組み合わせた手を、ますます固く握った。

「それじゃ……」

口を挟みそうになるわたしを、兄上は目で制して言った。

「逆だ。王位を狙おうと思えば狙える立場でありながら、フランツ様はまったくそれに興味を示したことがない。彼を支持したいと誘いをかけた者も多いが、けんもほろろに断られたそうだ。

有力貴族の令嬢であるエリーゼ様を娶るにあたっては、継承権の放棄すら言い出されたという」

「ええっ……」

今まで聞かされてきたこととの違いにわたしは息を呑んだ。

もしそれが本当なら……。

兄は肩をすくめる。

「まあ継承権の放棄は、王太子殿下に後継ぎができるまではと引き留められたそうだが」

国王陛下の直系の子どもは二人しか居ないのだから、それはそうなるだろう。

「さて、俺の知っていることは教えたから、次はお前の番だな。なんでまたフランツ様が王位に野心を持っていてほしいんだ？」

いつも優しい兄に厳しく見据えられてわたしは動揺した。

言いたくない。

けれど、もう一方で吐き出して楽になってしまいたいという衝動もあった。

「だって……第一王子殿下に特殊な性癖もなくて、王位に野心もないなら、殿下が妻にと望んだエリーゼはどうなるの？　本当はわたしのことを憎んでいていろいろな意地悪を仕掛けていた極悪人って話は嘘？　だったらわたしは彼女に何をしてしまったの？」

我慢しようと思うのに、じわりと目元に涙がにじんでくる。

階段から突き落とされたとき、エリーゼの顔を見たのは嘘じゃない。

顔色を変えた彼女に下賤の者と言われた。最初のうちに潰しておけばよかった、と、はっきり罵られた。下位貴族の娘のくせに、とも……。

けれど日が経つにつれ違和感が溢れてくる。

だって彼女はずっと、わたしのことを大事にしてくれていた。

言葉遣いが悪いとお説教をされたり、マナーや立ち居振る舞いがなっていないと厳しくレッスンされたりもしたけれど、それはすべてわたしのためになることだった。

ダニエラによく絡まれ、彼女だけでなく最近知り合った人達にも上辺だけのお追従《ついしょう》を言われるようになった今、その違いがわかる。

あなたは王太子殿下に愛されて幸せね、未来の王太子妃なんだからもっと偉そうにしていいのよとささやいてくる彼女達の、幾千の言葉より、エリーゼの言《げん》には大切なことが含まれていた。

『身分の上下だけで人を測る風潮がバカらしいと思うなら顔を上げなさい。誰にも侮られないように知識や立ち居振る舞いで圧倒するの。マナーやＴＰＯを守ることは決してムダじゃない』

『世間の令嬢はあなたみたいに直裁な言動には慣れていないのよ。けれどハッキリと伝えてこないからと言って、全部相手が悪いとは限らないわ。皆と上手くやっていきたいなら、もう少し主張を抑えて、相手が何を言いたいか耳を傾けなさい』

友達だと思っていた。だからこそ裏切られたと思ったときショックだった。

傷付けられたのだから傷付け返してもいいと思った。

だけど、そうでないなら……愚にもつかない一連の苛めとか、妨害の主犯が彼女だというのが間違いなら。

その大事な友達を、最初に裏切ったのはわたしの方だ。

『下位貴族の娘のくせに王太子様をたぶらかすなんて！　覚えてらっしゃい！』

それまで一切、身分を笠《かさ》に着るようなことを言わなかった彼女に、ああ言わせてしまったのはわたしなのだ。

「ああ……そうか、苦しんでいるんだな」

顔を覆ってしまったわたしの姿に、兄は何かを悟ったのか立ち上がってきて、ぎゅっと抱きしめてくれた。

「それでも王太子殿下は、お前を好きだと仰ったんだろう？　そして、お前も彼のことが」

わたしは泣きながらうなずいた。

望んではいけない恋だと思った。ただ傍らでそっと見つめるだけでいいと。

けれど思いがけなく相手も振り向いてくれて、好きだと言われて止まらなくなった。

エリーゼが表向き優しくしてみせていただけの、ひどい女性なら。

策略を巡らし、わたしのことも陰で傷付けようとしてくるような相手なら。

彼にふさわしくないから、いいと思った。

でも……その前提が崩れてしまうなら。

兄はわたしの背を子どもをあやすように擦りながら、ゆっくり語った。

「俺には、そのへんのことはわからないよ。だが、ただ一つ言えることは、フランツ様は奥様……エリーゼ様を熱烈に愛してらっしゃるし、エリーゼ様も彼の傍で幸せそうだった。彼女が王太子殿下のことを好きだったのなら、そんな短期間に、そうはならないと思うよ」

わたしは泣きながら顔を上げて兄の方を見た。兄は優しく言う。

「それまで信じていたことが間違いじゃないかと思ったなら、それはもう相手にぶつかって訊いてみるしかないいんじゃないか？」

◇◆◇

「王位……ですか？」

休暇を切り上げることにはなったけれど、馬車の手配とか、向こうへの到着時間とか考えるとすぐにとはいかない。一晩は別荘で過ごして、明朝出発することになった。

別荘での最後の夜ということで、食事をしたあと、ワインのボトルを開けながらソファに並んで座ってゆっくり話をする。

思いもかけない話題を振られて、わたしは、うーんと考えた。

微妙な問題よね……彼を傷付けないように慎重に答えたい。

「フランツがどうしても欲しいというなら協力したいところですが、正直、離婚も視野に入ってしまうくらいに嫌ですね」

……と思っていたのに、高原産のワインがだいぶ回ってきたためか、忌憚《きたん》ない意見がつるっと口からこぼれてしまった。

「そうなのか？」

フランツも驚いたようだけど、それほどショックを受けている様子はない。

最初から、彼は王になりたいわけではないのだものね。

そのくらいは見ていればわかる。

能力が低いわけでも、上に立つ者としての威厳がないわけでもないけれど、人を傅《かしず》かせるのはあまり好きじゃない（やろうと思えばできるのだろうけど）。むしろ今の騎士団長みたいな方が性に合っている感じ。

わたしは夜会の会場で、多くの部下達に囲まれていたフランツを思い出した。

一方、わたしの方も避けたい理由は多々ある。

「王だの王妃だのになってしまったら、国を一つ出るにも、大仰な理由が必要だし、従者も沢山用意しなくちゃいけないし、滞在先でも注目される。いいことないじゃないですか！」

「あ、ああ。そうかもな……」

「そうですよ！」

握り拳を振り上げて主張する。

「そんなのは生真面目で頭が固いアルトゥール様とレオナにはぴったりだから、任せておけばいいんです。生まれもった義務ならともかく、わざわざ継承権の順番ひっくり返してまで、やりたい理由がわかりません」

「……なるほど？」

「そもそも、シルヴィア様に伺いましたけど、アルトゥール様より目立たないように何事も力を抑えるってなんですか？　この世界には国王なんかよりもっとフランツが力を発揮できることが沢山あるんですから、むしろわたしに力を貸してください」

「……そんな話をしたのか？　まあ言いたいことはわかったから、少し落ち着こうか」

フランツがわたしの肩を引き寄せて、肩に寄り掛からせてくれる。わたしは良い気分になって、そのまま彼に懐きながら、蕩々《とうとう》と演説を続けた。

「この世界、わりあい文明は進んでいるのに微妙に男尊女卑なのでまず女子大みたいなのを作りたいし、奨学金制度みたいなものも整えたい。外国で魔法にどんなものがあるかもっと知って、組み合わせて映画とか作れないかも試したいけどまず資金を集めないとダメかなあ……」

わたしがうっとりと展望を語るとフランツは少し驚いたようだった。

「待て待て……何を言っているんだ？　この世界？」

「どんなものがあったか知っていても、仕組みがわからないから再現は難しいんですよねえ……でも、魔法である程度の技術は補えるから……」

あ、やばいな、と思うのに、口からは言葉が流れるように出てしまう。

きっといろいろ人に話したかったのに話せなかったことが、フランツと一歩、進んだことで、溢れてきてしまったみたいだった。

「エリーゼ……酔ってるのか？」

「酔ってませぇん」

「酔っ払いはたいていそう言うが、こんなに酔っ払った淑女の世話をするのは初めてだ」

いい感じに気持ちよくなってしまって、ぐにゃぐにゃする身体をますます彼に預けるわたしを、フランツは笑いながら支えて、髪を撫でてくれた。

「言っていることは半分くらいしか分からないが、君に王位よりずっと大きい展望があるのはわかった」

「あったりまえでしょう。フランツは格好よくて有能で強いんですから、王位なんかに小さくまとまらないでください。わたしと一緒にずっと遠くまで行きましょう、ね」

わたしはご機嫌になってそうかき口説いた。

「遠くまで……なあ」

「あっ、でも帰ってくるところは必要だから、この国もそれなりに守らなくちゃ。王位につかなくても助力やアドバイスはできるんだから、美味しい立ち位置ですよね」

フランツは口元に指をあてて苦笑した。

「そういう考え方も、ある、か？」

「そういう考え方もどういう考え方もないです。王位なんかに就いたら離婚ですから！」

「……さっきより厳しくなってないか？」

突っ込みは無視して、わたしは熱弁をふるった。

「王妃だと今の三倍くらい、外を取り繕わなくちゃいけなくて面倒くさいです。あと王位自体はどうでもいいけど、元々、アルトゥール様が継ぐべきものが継げなくなっちゃったらレオナが自分のせいだと思って落ち込みそうなので嫌です」

「アルトゥールのためか？」

フランツの声が低くなったのだけは、わりとすぐにわかる。

わたしは、意外としつこい彼の肩を叩いた。

「違います！　アルトゥール様はどうでもいい……は言いすぎだけど、わたしはレオナが心配なだけです。あの子、少し無神経だけど純粋培養だから。くだらないことで落ち込みそうで……」

「レオナ……君の代わりにアルトゥールと婚約した、元子爵令嬢だな」

フランツの言葉に、わたしはあることを思い出して眉をひそめる。

「……フランツは、マザコンじゃないですよね」

「急に話が変わるな。マザコン？　とはなんだ？」

「ええ、そこから⁉　成長しても過度にお母さんにべったり依存して、恋愛相手にもお母さんに似たタイプを選ぶような人です。端的に言うと背が高くてすらりとして剣が使える、レオナみたいな！」

「ああ……そう言われると、確かに彼女は母に似ているな」

フランツ様が言うので、わたしは彼を睨んだ。

「やっぱりそうなの？　兄弟そろってレオナの方がいいの？」

「待て待て待て。似てると言っただけで、そんなことは言っていない。そもそも俺は、おそらく、その、マザコンではない！」

「本当にぃ？」

「本当にも何も、エリーゼが一番好きだ」

何の話だかわからなくなってきたけど、好きだと言われて、顔が緩む。

「ふふふ……フランツは、胸が大きい方が好みって言ってたもんねえ」

「その前にエリーゼならなんでもいいとも言ったぞ」

「あ、そうだったっけ」

わたしはうふふと笑ってフランツを見上げた。

「わたしもフランツならなんでも好きぃ」

身体が熱くて、ふわふわした気分で、とても気持ちがいい。

そこから先の記憶はない。


気が付くと、朝日が差し込むベッドの中だった。

「おはよう。体調はどうだ？　出発できそうか？」

とっくに起き出していたらしいフランツがこちらを覗き込んでくる。

「ん、……大丈夫」

だんだん記憶の戻ってきたわたしは、昨夜の己の醜態を思い出して赤くなる。フランツは笑いながら水差しからグラスに水を注いで渡してくれた。氷も入っている。

「エリーゼがあんなに酒に弱いとは思っていなかったな」

「いつもは、あんなふうでは……たぶん、昨日から気分の上げ下げが激しかったので、回りが早くて」

わたしは、入れてもらった水をごくんと飲んで気持ちを落ち着かせる。

「言い訳です……ごめんなさい」

理性が回復すると余計に恥ずかしくなって、うつむいてしまう。

「気にするな。君の本音が聞けて面白かった」

たしかにフランツの声は楽しそうだ、気を悪くした様子はない。


顔を洗って着替えて、食卓につくころには、だいぶ落ち着いていた。

「……昨夜の話だが……」

わたしは軽めにしてもらったけど、フランツは通常通り食べるようで、スクランブルエッグとウインナー、ついでにザワークラウトを大量に盛った皿を優雅に攻略している。

その様子を見ると、こっちもちょっとだけ食欲がわいてくる。

わたしは、バターの塗られたパンをさくりとかじりながら首を傾げた。

「……どの話でしょう？」

「まず、王位は不要だ、という話だったかな。むしろそんなことになったら、離婚すると」

「……あ、ええと、それは言葉のあやというか勢いというか」

「王位なんかに小さくまとまらないで、遠くを目指そうと言っていた」

「あはは……」

力なく笑って目を逸らすわたしを、フランツは真っ直ぐに見つめた。

「嬉しかった」

「……え？」

「最初は、何をバカなことをと思ったのは確かだが、エリーゼが話すのを聞いていると本当だと思えてくる。王位などよりももっと大きな展望があり、それを目指す方が楽しいと。必要とあれば、国政にアドバイスもできるのだから美味しい立場だというのも納得だ」

わたしは目を瞬いた。

言い回しはともかく、それはわたしの本音ではあったので、彼に肯定されるのは嬉しかった。

「それに……」

フランツは、ちょっと照れ臭そうに言いよどんだ。

「夜会ではアルトゥールじゃなくて、彼の婚約者のことを気にしてたんだな」

あ、まだそこに引っかかってたんだ。

いつも涼しい顔をしている彼のヤキモチだと思うと、嬉しくないこともないけれど、もうこの話はここで打ち止めにしたい。

わたしははっきり言った。

「ええ。そうです。後から考えると、レオナには悪いことをしてしまったなって思っていて」

「何故？　客観的に見たら、君は婚約者を奪われた方だろう。それも未来の王太子妃になるはずだった立場ごと」

「昨夜の……酔ってはいても本音は本音だもの。公爵令嬢の義務だと言われたら従うしかなかったけど、正直、王太子妃にも王妃にもなりたくなかった。アルトゥール様のことは嫌いではないけど、特に好きじゃなかったし……どちらかといえば気が合わなくて」

「生真面目で頭が固い、だったか。王太子をそんなふうに言うのは君くらいだろうな」

フランツ様がふっと笑う。

「あ、悪口じゃないですよ。努力家だし前向きだし、人として素晴らしいけれど、わたしは疲れるなあって……実際、彼もわたしのことが好きになれないようでした。それがレオナには強く惹かれてらして、レオナもそうだったからわたしは」

「婚約破棄されるようにしむけたのか……」

「あ、やっぱり知ってたの？　さすがですね」

あっけらかんと肯定すると、彼は額を押さえてふうっと溜息をついた。

な、なに？

なにか変なこと言ったかしら。

「そうじゃないかと思うことはあった。だが、そんなまさかとも思えて、単にそうだといいという自分の願望ではないかと迷っていた」

「……あ、そんなことも言ってましたね」

願望が漏れ過ぎた、とか零《こぼ》してたっけ。

実際、そのとおりでした！

明るく言うわたしをフランツ様は、少し複雑そうな顔で見つめた。

「それだけじゃない」

——え？

「君は、昨夜、〝この世界はわりあい文明は進んでいるのに男尊女卑〟だと言っていた。〝どんなものがあったか知っていても、仕組みがわからないから再現は難しい〟とも……」

「あ……」

わたしは顔を引き攣らせた。

酔っぱらって、普段は決して言わないことまでしゃべっている自覚はあったけれど、まさかそこまで口にしていたなんて。

「君は以前、〝わたしの何を知っているか〟と訊いたね？　俺は君の裏の顔まで知っているつもりでいた。だけどまだまだ裏があったようだから、教えてくれないか？」

フランツ様は真剣な顔で言った。

わたしは、ごくりと唾を呑む。

「……たぶん、信じられないと思いますよ。おかしくなったと思われるかも」

「それは聞いてみないと何とも言えないな」

「引きません?」

以前と同じことを同じように尋ねると、彼はにやりと笑った。

「引くか驚くかは分からないが、嫌わないことだけは約束しよう」


とは言うものの、長くなりそうだったので、だいたいのところは帰りの馬車の中で話すことになった。迎えの馬車の到着を待って、玄関先に出ていると、カトリナさんが双子を連れて挨拶に来てくれる。

「こんにちは。昨日はありがとうございました!」

「ありがとうございましたぁ」

男の子と女の子だから、二卵性なのだろうけど、よく似た二人がぴょこんと頭を下げる。

「こんにちは。元気になって良かったわ。ええと?」

「ノーラでっす」

「マックスでっす」

ご機嫌に名前を教えてくれる。うう、可愛い。

「ノーラにマックスね。わたしはエリーゼ。フランツのお嫁さんなの」

「知ってる～」

ふたりは嬉しそうに声を揃《そろ》えた。

わたしが、しゃがみこんで双子の相手をしていると、フランツはカトリナさんをちょっと離れた所に連れていって話しこんでいた。

昨日のことだろう。

治療に行ったたときは知らなかったけど、辺境伯に連なるのはカトリナさんの方なのね、だとすると情報共有とかも速そうだし、頼りになりそう。

あとシルヴィア様と血縁ってことで……スレンダー美人の源流がわかったわ。

わたしも剣を習った方がいいのかしら。ダイエット代わりに。

などと考えていると、二人はすぐに戻ってきた。

「あら、美人のお姉さんに相手してもらったの、いいわねえ」

カトリナさんが、にこやかに言う。

「エリーゼさん、本当に昨日は助かったわ。ありがとう」

「呼び捨てでけっこうですわ。こんな可愛い子たちが元気になってよかったです」

「うふふ、ありがとう。あなたたちも、どう？　そろそろ、子ども可愛いわよー」

「あ、いいえ、こればかりは、その授かりものですので……」

「そう？　フランツがメロメロだからすぐにできそうだけど……」

「おい……」

フランツが苦虫を噛《か》み潰《つぶ》したような顔をする。

わたしも困ったように笑って見せながら、見た目だけなら今でもメチャクチャ若くて美人に見えるカトリナさんが、フランツの十歳以上年上、という意味を噛み締めていた。

確かに、ノリが田舎のおばちゃんっぽいわ……。


カトリナ親子に別れを告げて馬車に乗ってぽつぽつとわたしの話をした。

フランツは、時々、まさか、とか、そんなことが……とか唸っていたけれど、おおむね、冷静に話を聞いていた。

「……と、まあわたしの事情はこんなところです」

わたしは、溜息をついて言った。

「信じられます？」

思わずエリーゼ必殺の上目遣いをしてしまうのは許してほしい。

思ったよりフランツは真面目に聞いてくれたけど。

「なるほどな……生まれ変わり、か……そんな話は聞いたことがある。しかしこの世界をモデルにした物語？　選択肢で結末が変わる？」

わたしはうなずいた。

この世界でも子どもが知らないはずのことをしゃべり出す話とか、生まれ変わってもきっと一緒になろうというロマンス話とかあるし、偉人の生まれ変わりと名乗って人々に説法する新興宗教もどきがあったりするので、生まれ変わりの概念自体は存在する。

だからまあそれの理解はできても、異世界とか乙女ゲームとなると難しいよね……。

フランツがバカバカしいと切って捨てないのが、嘘のようだ。

彼は目を閉じて指で額を押さえた。考えを整理しているようだ。

そんな場合でもないけど、めっちゃ格好いい。

「思った以上に荒唐無稽で、すぐに全部を呑み込めたかというと難しいが」

彼はしばらくして目を開いて言った。

横を向き、傍らにいるわたしを見つめる。

わたしが不安そうなのがわかったのか、ふっと目が優しくなった。

「その方が、いろいろなことに説明がつくのは確かだ」

「えっ……」

わたしは驚いた。

信じたの？　本当に？

目を見開くわたしに、フランツは指を伸ばして額を押した。

「そんな疑わしそうな顔をするもんじゃない。君の言葉は疑わないが、すべてが君の言ったとおりだとは思っていない」

「？　もう少しわかりやすく言ってください」

「一番、異議を申し立てたいのは、この世界が、君の言う前世……異世界で書かれた物語を元にした遊戯だということだ。俺の人生も行動も思考も……ましてこの先の未来まで、他人の決めたまま動くのだとは信じられないし、受け入れられない」

「それは、そうよね……」

わたしもそこは同意だった。

もっともフランツはアルトゥールのルートでちょっと言及があるだけなので、そもそもゲームのあれこれに縛られたりはしないけれど。

そういう問題とは逆に、ゲームシステムに自分の人生が決められているなんてぞっとする。

「君は特に強制力などは感じなかったのだろう？　たとえば知っていた話と違う行動をしようとして強い抵抗にあったり、思った結果と違うことになったりは」

「そういえば、特にないわ……」

ゲームのエリーゼは、一見、レオナの味方のようなふりをして、次々に策略を巡らせ、陥《おとしい》れようと画策する。

特にアルトゥール様と彼女が接近し始めたときがすごかった。

まあだいたい、それが裏目に出て、レオナが得意の剣や運動神経で八面六臂《はちめんろっぴ》の活躍をしたり、逆にアルトゥール様との絆《きずな》を深めたりするんだけど。

絆を深めるイベントは思いつく限り、いろいろ手を回して再現に努めたけど、今にして思えば、あんまりレオナに試練を与えてないから、活躍の場は狭めてしまったかもしれない。

それはおいておき、別に覚えていたゲームに反することをしても、特段、抵抗を感じたり、修正作用のようなもので、結果がねじ曲げられてしまうことはなかった。

「で、あるなら、そうだな……考えられるのは、そのゲーム？　を作ったものが、なんらかの能力を持って異世界を夢で見たとか、予知的な能力で捕らえた、とかじゃないか？　であるなら、登場人物の見た目や立場はなぞれるが、イレギュラーは起こるだろう」

「ああっ！　それはあるかも」

「一〇〇％当たる予知はないが、それなりの的中率を誇るものとか、余計な手出しをしなければほぼ当たるものは確認されている。それを世界を越えて知覚するとか、また同じ世界に居たものがこちらに生まれてくるとかなると神秘の領域だが……ありえなくもないだろう」

フランツは考え込みながら言った。

わたしも、今はおぼろな前世の知識を総動員して考える。

クリエイターの人が時々言っていた〝天啓が下りてきた〟とか〝最初から最後まで一本のストーリーの映画を見たようだった〟みたいなことが、実は本当に別の世界のことを夢見たものだったなら。

それを元にして作られたゲームは、この世界に起こっていることに似たものになるはず。

ただ原形は原形として、出来上がるのはゲームなので、宣伝の段階のユーザーの反応とか、納期とか制作費とかで、いろいろ変わったり歪められたりもする。

そもそもがプレイヤーの選択肢でストーリー分岐するし。その分岐先のストーリーのすべてが夢見られたとは思わない。創作の部分も多いはず。

何よりこの世界に居るのは普通に生きている人達。

ほんのちょっとしたきっかけで、選択は変わるし、運命も変わるけど、そんな異世界の都合で歪められるとは思えない。

「確かにそれなら、ありえなくもないかな、と思うけど……」

「それに言っただろう。その方が君の奇妙な行動に説明がつくと」

「わたし？」

不思議そうに言うと、ちょっと呆れたように肩をすくめられた。

「自覚してないのか？　アルトゥールとの婚約に不満があったとしても自分の悪評を放置して婚約破棄を狙うなど非合理的すぎるだろう。婚約破棄された後、実家が没落の憂き目にある危険性を見落としていたのも君らしくない。けれどそういう行動モデルがあったと思えば納得できる」

「――――！」

わたしは目を見開いた。

言われなければ気が付かなかったけれど、言われてみれば当然のこと。

王家と高位貴族との婚約破棄は確かに難しい。

難しいけれども、わたしにその意志があって……アルトゥール様もわたしに特別な思い入れがなくて……そうであれば、成功するかどうかは別として他のアプローチ方法はあったはず。それこそフランツが挑戦しようとしていたように。

わたしに悪役令嬢エリーゼの記憶がなければ。

転生前の記憶を取り戻してからというもの、自分の中の倫理に反してまで、人を傷付けようとか、反社会的な行為をしようとは思わなかったけれど、わたしの行動規範は基本的にゲームのエリーゼだった。

エリーゼのように美しく、エリーゼのように狡猾《こうかつ》に、周囲に目を配り、時には操って。

だから、ゲームのようにアルトゥール様とレオナ《正ヒロイン》が惹かれ合ったのに気付いたとき、自分には極力、悪役的に振る舞うしか選択肢がなかった。

いや。

ないと思い込んでいたんだ。

「わたし、バカなことをしていたのね……」

それに気付くと、落ち込みがやってくる。

卒業式の日に、レオナに心ない言葉を投げつけた。

卒業式で、婚約破棄を言い渡され、悪辣な悪役令嬢の正体を現して去るのは、エリーゼに与えられた使命だと思っていたから。

でも違ったかもしれない。わたしは必要ないことを言って、いたずらにレオナの心を傷付けてしまったのかも。

ううん。それ以前に。

わたしはレオナにアルトゥール様と婚約破棄したいことを伝えていなかった。

真面目なあの子が、わたしの婚約者であるアルトゥール様に惹かれて。ゲーム通りの展開なら、彼にも想いを打ち明けられて、悩んでいたのは知っていたはずなのに。

わたしがアルトゥール様とは婚約破棄を望んでいて、そもそも彼のことはなんとも思っていないと伝えていたら、悩まなくてもすんだのに。

わたしはゲーム以上にレオナの面倒は見ていた（裏で、何かしているように見せかける工作はしつつ）から、罪悪感は余計に大きかったかも。

夜会のとき、恋が実ったにしては、ちょっと暗かったレオナの顔を思い出す。

「あああ……。どうしよう」

わたしは頭を抱えた。

「何を考えているか、だいたいわかるような気がするが、少し落ち着け。君は意外と極端から極端に走るな」

フランツが肩に手を置いて、慰めるように言う。

「忘れているかもしれないが、アルトゥールは王太子であると同時に俺の弟だ」

「……忘れてませんよ？」

「王位を巡ってバカどもが分断工作的なことをしていたり、面倒が全くないとは言わないが、特に仲は悪くない。あいつは善良なのはいいが、ちょっと真っ正直すぎるから、支えてやる必要はあると思っている。君が絡まなければ、まあ可愛くないこともない」

「兄弟、仲良くて良かったです。うちにも妹と弟がいるんですが、とても可愛くて……」

昨夜とかその前とか、王位がどうのにこだわっていたのは棚上げなの？　とか思わなくもないけれど、母親が違う兄弟がそれでも尊重しあっているなら素敵だと思う。フランツが黒、アルトゥール様が白の軍服の美形兄弟で並ぶと眼福だし。

明後日のことを考え始めたわたしに気付いたのか、フランツ様は苦笑した。

「君の実家やご弟妹《きょうだい》にはまた改めて会いに行きたいな。シュヴァーゼル公には教えを乞いたい事柄が多々あるし……だが、今はそれじゃない。俺とアルトゥールが兄弟なら、その妻である君たちも義理の姉妹だろう。一生の付き合いだ。間違いを正す機会はいくらもある」

「……そうですね」

そう言われれば、そうだ。

「それに、あの婚約破棄のことがなければ、君を娶ることも容易ではなかったかもしれない。その原因がそのゲームにあるというなら、俺はそれに感謝している」

「フランツ……」

わたしはちょっとジーンとした。

レオナとのことで反省しつつも、ゲームのエリーゼを目指したこれまでのことが、すべて愚かだとは思いたくなかった。

真正の悪女……にはなれないし、なる気はないけれど、彼女は確かにわたしの憧れだったから。

「うん。反省するべきことはするとして、わたしもそのゲームに意味がないとは思っていないわ。今のわたしはゲームの記憶があってこそで、わたしはわたしのことが嫌いじゃないもの」

わたしは不敵に微笑んだ。

美しいと容姿を褒められるのは大好き。

悪い評判だって、それがわたしの大好きな人達に誤解されるのでなければ構わない。むしろそんなもの利用してあげましょう。

それがわたしが、ゲームに学んだエリーゼの在り方。

「それでこそ……だな」

フランツは笑った。

わたしは口を尖らせる。

「それにしたってフランツは大らかすぎるわ。いろいろ理屈は語ってもらったけど、こんな荒唐無稽な話、わたしだったら絶対にすぐには信用しないし、できない。まずはそんな話を言い出した者の正気を疑う」

いくつもの理屈を越えて、それが一番合理的だ。

「そうか？　真偽はともかくとして、俺がエリーゼを信じるのは当然だが」

フランツは腕を組んで眉を上げた。

「その話が本当だった方が筋が通るし、たとえ君にかつがれているとしても、俺が笑われるくらいで何か不利益が起こるわけでもない。ならば、愛しているものの言葉は受け入れる」

「そういうもの？」

フランツは隣にいるわたしの後ろ頭に手をやり、撫でるように手を滑らせて肩を抱いた。

「そうだろう。その方が、ロマンがあるじゃないか」

「ロマン？」

乙女ゲームの攻略対象だったりするのが？

「つまりエリーゼは本当に星の世界から来た乙女だったということだ」

「星……とはなんか違うような気がするけれど」

この世界とは違う、別の世界からこちらに来た、という点ではあながち間違いではない。

「仕組みはよく知らなくても、こちらの世界にない、いろいろな制度や物事を知っている。ジョシダイにエイガ、だったか？　俺が手伝えばそのいくつかが、俺の代には無理でもこの先でそれらがこの世界でも実現するかもしれない。何より俺の力を欲している」

「それっ……」

酔っ払いの偽言として、いろいろ喋《しゃべ》った自覚はあったものの、全部、聞かれて覚えられているとは思わなかった。

その上で、わたしがぶっちゃけたことを聞いて、繋《つな》ぎ合わせてそんな判断をしたって言うの？

ロマンだって……

すごくない？

記憶力やら論理的思考能力があって、何より頭が柔らかくなくちゃできないことだ。

「どうした？」

ちょっと固まってしまったわたしにフランツがいぶかしげな目を向けた。

わたしはえへへと笑った。

「わたしの旦那さまはすごいなあと改めて感心していたところ」

「今更だろう？　惚れ直したか」

「ええ！」

流し目で訊いてくるので、直球で返事をしたところ、彼は目を見開いた。

「そう、か……それは嬉しいな」

手で口元を覆っている。

さりげなさを装って逸らされた顔の耳元が赤くなっているのをばっちり見てしまって、わたしは確信した。

ああ、本当に。

わたしの旦那さまは、すごくて、なんて可愛いのだろう。


王都に帰ったわたしたちは、自分の得意のルートを使って、まずは麻薬……青い結晶が出回っていないかの調査に乗り出した。

昼間はあちこちで情報収集をして、夜、ゆっくりしながら擦り合わせを行う。

今夜はルチアも加わってもらった。

わたしの侍女というより、アンデルス商会の代表みたいな立場。

幸い、避暑地で休暇を過ごす予定だったから、フランツにも比較的時間があるのが何よりだ。

わたしたちはテーブルに地図を広げながら、確認事項にチェックをつけて回った。

「王立騎士団と自警団の方の収穫はゼロだな。言われたように不自然に退団したとか長期休暇を取ったものもいない」

「アンデルス商会でわかる限りの街の状況は精査しましたが、不審な点はないようです」

「王宮も今のところ変化なしよ」

きっぱり言うと、フランツがわたしを見る。

「そういえば王太子庁にツテがあるんだったか」

「手紙を見たんでしょう？」

「……アルトゥールの筆跡でないことは確認したが、そんなに細かくは検分していない」

「別に見てくださってもよかったんですよ？」

わたしは今日、届いたばかりの手紙を掲げてみせた。

偽装のため、表向きアルトゥール様からのように見せかけているのでフランツを誤解させてしまったけど、これは単なる職権乱用の産物だ。

「簡単に言うと、アルトゥール様の側近に、孤児院でちょっとだけ面倒を見た子がいるんです」

「側近に？　そんなはずは……ユリアンか！」

自分直属でない部下の名前とか経歴まで把握した上で、ちょっと考えただけで答えにたどり着くのはさすがです。

ユリアン・ベルガー。

本来なら孤児院に居るはずではなかった子だ。

ユリアンは事故で亡くなられた伯爵夫妻の遺児で、後見人の叔父の許、ゆくゆくは伯爵位を継ぐはずだった。

なのに、その叔父が彼を死んだことにして爵位と財産を奪うことを企《たくら》んだのだ。

五歳のとき多額な寄付金と共に、悪質な経営者がトップに居た孤児院に入れられた彼は、元々の名前まで奪うべく、別の名前で呼ばれ、洗脳同然の教育を受けていた。

叔父が彼を殺さなかったのは、十六歳になった彼が触れなければ開かないという隠し金庫の中身を知りたがったため――結局は親が子に残す伯爵家の心得みたいなものだったらしいけど。

ユリアンが普通の子どもだったなら、彼の計画は上手くいっただろう。

五歳くらいだと、いきなり新しい環境に放り込まれて、別の名前を言い聞かされて育てられたら、すぐに染まってしまうものね。

しかし彼は全く普通じゃなかった。

四歳でかなり巧みに読み書きができた彼は、年長者に紙とペンを乞うて、自分の本名や家名、覚えていることをことごとく書き留め、できる範囲で情報を集めながら信頼できる相手と出会えるのを待った。

悪徳経営者の噂を聞き付け、強権を振るってスタッフを一新させたわたしが彼のお眼鏡にかなった、というわけだ。

初めて会ったときには彼は十四歳だった。

話を聞いて父に後ろ盾になってもらうように頼んだ後は、叔父への報復だの、身分の回復だの、ぜーんぶ彼が一人でやったので、特に面倒をみた覚えはないのだけど、何故かひどく感謝され手紙を交わしている。

悪役の評判が高いわたしが彼を援助したとか、彼がわたしに協力してるとか、彼のキャリア的によくないだろうから内緒だけど。

父であるシュヴァーゼル公爵がユリアンの後見人であることはちょっと調べればわかるので、わたしがそれを笠に着て彼を自分のいいように操っている……的な噂はちょっとあるかな。

おおかた、不自然でない程度に王城で話を交わしたのを面白おかしく脚色されたのだと思う。

ともかくユリアンは、その優秀な頭脳を評価されて王太子付きの秘書官になっており、婚約破棄の際にはいろいろと情報をもらった。

アルトゥール様の手紙を出したり受け取ったり、彼用のレターセットを用意したりするのも彼なので、偽装も簡単なのよね。

アルトゥール様のことは尊敬していて好きみたいだし、わたしにも懐いているにもかかわらず、婚約破棄には妙に熱心に協力してくれていた。

お互いの幸せのために、よほど相性が悪く見えたんだろう。

「……君という女性は、よく人を観察しているようで、たまに物凄《ものすご》く抜けてるな」

「？　どういう意味？」

以上のようなことをかいつまんで説明すると、フランツは額を押さえて言った。

「エリーゼ様……」

ルチアも、なんだか残念なものを見るような顔をしている。なにかしら。

フランツは、ゴホンと咳払いして話を変えた。

「どうりで最近、あいつに妙に敵意のある視線を向けられると思ったんだが……まあいい。ユリアンなら王宮内の監視は任せていいだろう。目端が利くやつだ」

「そうでしょう、そうでしょう」

わたしは胸を張った。

たいした手助けはしてないけれど、関わった子を褒められるのは嬉しいものだ。

「あと、アンデルス商会に紹介したノアって子が居るけど、化学分野の才能があって、商会の援助で医薬品とかのヒット商品を出してすごく稼いでいるの。青い結晶が一個でも手に入ったら分析してもらえる予定」

「エリーゼ様の依頼だと言ったら、今の仕事そっちのけにして、メチャクチャ張り切って調べ物してますよ……」

とはルチアの言。ちょっと照れる。

「……また男子か？」

「男性にも多い名前ですが、うちのノアは女子です」

「それなら良かった」

フランツは溜息をついた。

今、性別は関係ないと思うんだけど？　まあいいか。

「ともかく、麻薬の流通に関しては、何の手がかりもないのがいいんだか悪いんだか……これからも警戒するしかないけど、問題は黒幕だわ」

「エリーゼによると、ゲームでは明らかになっているんだったな」

フランツが、ルチアには聞こえないようにささやく。

わたしは彼にうなずきながら、ルチアにも聞こえるように言った。

「まだ容疑の段階だけど、怪しい相手はいるのよ」

「誰ですか？」

ルチアが首を傾げた。

「宰相のボルツマン侯爵」

わたしは、はっきりと口にした。

いつ見ても陰気くさくて神経質そうな顔を思い浮かべる。

「ボルツマンか……順当だな」

「まだ捕まってなかったんですか、という感じですが」

二人とも、名前を聞いただけで嫌な顔をしている。

それもそのはず。

彼は先代の王のお気に入りで取り立てられたけれど、最近はちょっときな臭い噂が絶えない人物だ。ゲームではいくつかのルートで黒幕だったし、こちらの現実でも、言動が不遜で家臣の扱いにも問題が多い。

先代と違って今の陛下には疎まれているから不満がたまり、いつか何かやらかしそう……とは思われているけど、今のところ証拠がなかった。

灰色、というか、いやそれさすがに失脚するんじゃないの、みたいな疑惑は何度も起こったんだけど、握り潰されているのよね……。

ゲームでは国費の使い込みを隠蔽するために青い結晶で資金を稼ごうとしたのを、アルトゥール様とレオナに暴かれ、失脚することになっている。

「そもそもその青い結晶というのが、今のところエリーゼの記憶の中でしか存在していない」

カトリナさん家の騒ぎがあったときは、すわ麻薬蔓延の危機⁉　と色めきたったのだけど、今のところ、そこから動きがない。

考えてみると、フランツもルチアもよくこんなあやふやな話に協力してくれているわ。

フランツはともかくルチアは前世の話も知らないのに。

「お嬢さまのよくわからない〝野生のカン〟が当たったことは多いし、それで儲けさせてもらったこともありますしねえ。ノアはともかく役立ちたくて仕方ないみたいですし」

ルチアが肩をすくめる。

実績がすべてな商人らしい考え方。今は助かる。

フランツはちょっと困ったように笑った。

「……みな、君に良いところを見せたいんだろう」

「どういう意味？」

「なんでもない。結婚したからといって、油断は禁物だと気を引き締めたところだ。それよりその青い結晶の産地や原料はわからないのか？」

うん？　なんだかちょっと話を逸らされた気がするけど。

「産地……」

わたしは考えた。

麻薬蔓延阻止イベント……その青い結晶が出てくるのは、アルトゥールの一ルートだ。もちろん、ヒロインはレオナ。

物騒なわりに、それは普通、選ばないだろうという選択肢さえ踏まなければあっさり解決できるものだったけれど、変な選択肢をあえて選ぶとバッドエンドになる。

王都に麻薬が広まり、騎士団や貴族の一部にも中毒者が出ると同時に、麻薬欲しさに隣国ハーゲンに協力する内通者が出て、戦争に……ってそうよ。

「……ハーゲン」

わたしはつぶやいた。

「なんだと？」

フランツがすっと真顔になる。

「そうよ。己の巻き返しのための資金源にしようと麻薬を流行《はや》らせようとするのはボルツマンだけど、裏に居るのはハーゲンよ。そこの鉱山にだけ生える青い植物が主原料なの」

シナリオ全制覇しようとして、バッドエンドも見ていてよかった。

ちょっとオタク気味だった前世のわたしに感謝だわ。

バッドエンドにおいて素っ気なく流れる白い文字の解説文にのみ記されていた情報。

ボルツマンは自国で冷遇されかけているのを恨み、近隣国の中でも緊張状態にあるハーゲンとの接触を試みて、謝礼金と共にその麻薬の販売を提案されたのだ。

軽い気持ちでやったのだろうけど、相手の目的は国力低下。

麻薬蔓延を防げず弱ったところにハーゲンの突然の宣戦布告があり、国土の四分の一くらいを占領されるとか、ひどいことになってエンド。

「お嬢さま、それは本当ですか？」

ルチアも身を乗り出した。

「ええと、その、いつもの野生のカンだから証拠はないけれど、ほぼ確実」

ゲームで間違いなく見た情報のときはこういう言い方をしている。

今のところ外したことはないから、ルチアの信用はあるはずだ。

「そこまではっきりしているなら、少なくともハーゲン国内では製造、販売がされているはずです。その線で調べます」

ルチアが通信用の術玉を取り出しかけ、思い直してポケットにしまう。

「いえ。わたしが一回、実家に帰った方が早いですね。お嬢さま、しばらくお休みいただいていいですか?」

「もちろんよ。お願い!」

わたしがうなずくと、ルチアは慌ただしそうにバタバタと部屋を飛び出して行った。

「ハーゲンなら、俺の実家を標的にした理由もわかるな。あそこの王太子とは、二度ほどやりあったことがあって、俺を個人的に恨んでいると思う」

フランツも難しい顔をして言う。

「王太子……ですか?」

彼はさも嫌そうに肩をすくめた。

「ああ、顔はいいが、陰険で性格が悪い。女を騙して使い捨てにするような真似もよくやっている」

「そうですか……」

だとすると、この件はボルツマンじゃなくて、誰かその男性に乗せられた女性が絡んでいるって可能性もあるということ?

わたしは首を傾げて、はっと顔を上げた。

「フランツ、カトリナさんが、別荘に来た時期に、近くで滞在していた貴族って調べられる?」

「ああ、手配はしてある」

彼が軽くうなずくので、ちょっと安心した。

身分を隠して潜伏していたかもしれないから、それで絶対判明するかどうかはわからないけれど。

「俺も騎士団のルートでハーゲンの方を探ってみよう」

「お願いします……でも、ボルツマンも何かやっているのは確実だと思うので」

「そうだな……あいつもいい加減、どうにかする必要があるし、現時点でハーゲンと組んでいなくても結びつかれたら厄介だ」

フランツは考え込むように言いながらわたしの顔を見る。

「……?」

「油断は禁物だが情報収集の間、ただ待っているのも芸がない。休暇も潰れてしまったことだし、明日は二人であちこち回ってみるか」

わたしは一も二もなく賛成した。


最初に向かったのは王城である。

フランツの王城の部屋を見てみたいと思っていたのを思い出したからだ。

けれど、期待は外れて、彼の部屋は舞踏会の時などで利用される客間と大して変わりなかった。

「何を期待していたんだ？　王宮敷地内に屋敷があるのだから、私的なものはそちらに運ぶだろう。ここは主に寝る場所だな」

「それはそうだけど……妻に見せられないものとか」

「見せられないものがあるなら、連れてこないな」

ははははと笑われる。

それはそうだけど、そつがないというのは、ちょっと面白くない。

けれど、次に向かった王立騎士団の執務室はかなり面白かった。

そこは書類が山になっていて、何人かの団員がかなり疲れた顔でそれと格闘していたからだ。

「ああ、団長！　帰ってきてくださったんですか」

「信じてました！」

「いや、妻を連れて立ち寄っただけだ、俺に期待するな」

姿を見せたとたん顔を輝かせた人達を、一言で切って捨てるフランツ。

「そんなあ、ひどいですよ。一人だけ夏季休暇を一週間だなんて」

「何がだ。新婚だぞ。一ヶ月前から申請していたはずだ。お前らも新婚時には同じくらいの休暇は約束しよう」

「それならまずは相手を紹介してくださいよお……」

泣き言を並べる団員たちを横目に、わたしは書類をあれこれ眺めていた。

「フランツ、ちょっとこの経理の形式は効率が悪いんじゃない？」

「そうか？　何か別の案でも？」

「諸経費はこっちの欄にまとめてしまって……」

前世、多少は勉強した経理の知識などを披露して、ささやかなアドバイスをしただけだが、えらく感謝された。

「やっぱり奥様は、美しいだけでなく天使のようです」

「な、な、言ったとおりだろう？　団長が外面だけの女性にメロメロになって騙されたりするわけがないって……」

ここに居る団員たちは舞踏会で会った人達より明け透けだ。舞踏会に来た人たちは皆、貴族だけど、騎士団はそうじゃないからそのせいかしら。

夫の職場の人達にはよく思われたいので、せいぜい愛想よく対応する。

「団長がお見えになったと聞いたのですが」

そのとき、さらなる書類を抱えて、一人の落ち着いた雰囲気の男性が現れた。

わたしは目を見張る。それはマティアス・ハーツ……レオナの実兄だったからだ。

マティアスはわたしの姿を見て目を見張ると深く頭を下げた。わたしは思わず尋ねる。

「レオナ……レオナは変わりない？」

「はっ……おかげさまで、つつがなくやっているようです」

「そう……婚約発表の折りには、元気がないように思えたけど」

わたしがつぶやくと、彼は少し口をつぐんで迷うようにした後、思い切ったように言った。

「卒業式の際、エリーゼ様に下賤《げせん》の者と言われたのが堪えているようです」

「あ……」

わたしは、手で口を押さえた。

「おい？」

わたしの動揺を目ざとく見てとったのかフランツが声をかけてきたが、わたしは手で制した。

「あれは……最悪の失言だったと思っています」

わたしはマティアスの目を見て言った。

「神に誓って、レオナを階段から突き落としたのはわたしではありません。それでショックを受けてしまって……」

真実など言えるはずもなく、わたしは少しでも相手が納得できそうな言葉を探した。

それもまったくの嘘ではなかったからだ。

ダニエラの奸計《かんけい》で、レオナがわたしに落とされたように錯覚したのはそうだったのだろう。

それでも少しだけ。それを疑うような言葉が聞けないか、と。

それは無理でも「どうして？」とか「何故？」とか、何か特別な理由を探す言葉が、わたしのことを信じている類の言葉が聞けないかと……期待して、そして何もなかったことを恨めしく思った、のだろう。

そうなるように仕向けたのは自分なのに。

あの場でそうされたら困っていたくせに、身勝手な気持ちだけど。

短くはない学院生活。自分の目的のためにしたことではあるけれど、レオナ自身のために砕いた心のいくらかは嘘ではなかったから。

彼女に好感を持って、幸せになってほしいと思った気持ちも確かにあったから。

静かに自分の心を整理していると、マティアスはやおらその場に跪き、頭を下げた。

「申し訳ございません！」

え――？

咄嗟《とっさ》に、どう対応していいかわからず目を瞬かせる。

「わざとエリーゼ様を試すようなことを言いました。元はと言えばエリーゼ様の婚約者であられた王太子殿下に懸想した妹の罪でございます。どう詰られても文句も言えないところを、あのような……」

レオナに比べて随分、落ち着いて見えるけれど、やっぱり兄弟。

根本的なところは一緒なのね。

わたしがひどいことを言った理由をそう取って自分を責めるんだ。

「どうか、顔を上げてください」

わたしは静かに言った。

「畏れ多いことですが、わたしは自分の義務とこそ思え、王太子殿下に特別な感情を寄せておりませんでした。恐らくは王太子殿下も。だからわたしはレオナこそが王太子殿下のお相手にふさわしかったと思っています。そして」

わたしは傍らに立つフランツを見上げた。

「わたしも今、わたしがあるべき場所におりますから、気遣いは無用です」

「はっ……勿体《もったい》ないお言葉です」

マティアスは、少し安堵《あんど》したように表情を緩めたが、再び頭を下げた。

「それでしたら……今のお言葉が真実であるなら、図々しいお願いですが、妹に会ってはいただけないでしょうか。妹は悔いております……」

わたしは迷った。レオナが今も苦しんでいるなら誤解は解いておきたいけれど……。

「今はダメだ。マティアス、下がれ」

フランツ様がはっきりと言った。

「お前の妹をそこまで悪く思っているわけではない。だが、王城には常に様々な思惑が渦巻いている。勝手なことを吹き込んでくる人間など枚挙にいとまがない。人の言に惑わされない自分の真実を見定められなければ、また同じようなことが起こるだろう」

「それは……」

マティアスは迷うような目をした。フランツは重ねて言う。

「エリーゼが、あのときは自分も言い過ぎた。アルトゥールのことは何とも思っていないから気にしなくていい、と、許すのは簡単だ。だがお前の妹はそれでいいのか？」

フランツの語調は穏やかだったが、かすかな憤《いきどお》りに満ちていた。

「卒業式の折、アルトゥールが彼女を皆の前で侮辱した過ちを正そうともせず、ただ自分が許されるのを願うようで王太子妃としてやっていけるのか？」

「申し訳、ありません……」

マティアスは、打ちのめされたようによろめきながら、頭を下げ続けた。

「お前自身を責めているわけではない。妹を甘やかすなと言っているのだ」

わたしは急いで言った。

「フランツもこう言っていますし、今は会わない方がいいと思います。でもあのとき、階段から落としたのはわたしでないと信じてくれるなら、いつかは、仲直りしましょうとお伝えください。わたしもひどいことを言ったから……と」

「はい……」

悄然《しょうぜん》としながらうなずいたマティアスは、不意に思い切ったように顔を上げてわたしを見た。

「違う話ですが、妹は田舎育ちで言動に至らないところが多々ありました。しかし、学院を出て三年ぶりに会ったあの子は、驚くほど洗練され場を弁えて話せるようになっておりました。聞けばすべてエリーゼ様に厳しくしつけられたためだと……改めてお礼を言わせてください」

「わたしは別に……」

思わず謙遜しかけたけれど、わたしは思い直して、深くうなずいた。

「いえ……でもそうですね。そのお礼は嬉しいので受け取らせてください。最初は、ちょっと驚きましたけど、レオナは物覚えのいい、良い生徒でした」

「はいっ！　ありがとうございます」

横でフランツは甘いんじゃないか、みたいなしかめつらをしていたけど、わたしはわりとすっきりしてその部屋を出た。

お義母様《シルヴィア》に挨拶に行こうと向かっているときに、その二人とすれ違いかけた。

「コレット？　……それにローズマリーまで……」

数少ない友人のうちの二人だ。

「エリーゼ様！　それにフランツ殿下」

二人は淑女らしく、優雅に礼をする。

「王城にいらっしゃるなんて、どうしたの？」

「レオナ様を訪ねてきたのですわ。お茶でもどうかと呼ばれまして」

「エリーゼ様に言われましたので、最近仲良くしてます」

うふふ、とコレットが笑うと、ローズマリーが言わずもがなことを付け加える。

「二人とも、わざわざ、ありがとう」

わたしはちょっと感動して礼を言う。

「最近、ダニエラ様とはあまり仲がよくなく寂しいそうです。エリーゼ様のことをあれこれ訊かれました」

「直接お手紙でも書けばいかがと勧めましたので、そのうち届くと思いますわ」

「まあ……」

今日はやたらとレオナとの仲を取り持たれる日だ。

「以前はエリーゼ様とだけ親密なご様子であまりお話しできませんでしたが、レオナ様も気持ち良い人ですね。エリーゼ様と仲直りされたら是非皆でご一緒したいです」

コレットが微笑んで言う。

「快活で物怖《ものお》じされないのでわかりませんでしたが、少し、人見知りもされるのが可愛いです」

ローズマリーもにっこりしている。

ちょっとだけ面白い玩具《おもちゃ》を見つけたような目が怖いけど。

「ただ、エリーゼ様には残念なお知らせがありましたわ。レオナ様に聞いたのですけど……」


「我儘《わがまま》を聞いてもらってごめんなさい」

「気にするな。何か重要な手がかりがあるわけでもなし。君の好きなようにするといい」

コレットとローズマリーと別れてから、わたしとフランツは王宮を出て、急いで街に向かうことになった。

わたしの一番好きな、ノイマンケーキの店が閉店することになったと聞いたからだ。

「この前に来たときも、寄りたいと思って行けなかったの。もっと早く知ってたなら……」

「だが意外なものが好きなんだな。貴族向けのしゃれたものはあるが、どちらかと言うと庶民の食べ物だろう？　俺もわりと好きだがそれは騎士団の遠征時などで、平民と交じって食事するこ

「……レオナが食べたがって探したんです。あの子、田舎育ちで庶民同然の暮らしをしてたことがあるって言ってたから」

お忍びの経験はあったので、レオナにも身分を隠すやり方を教えて、一緒に出掛けた。

いくつかの店を巡って、これは高級すぎる、これもちょっと違うといろいろ吟味して、ここのものが最高だと二人の意見が一致したのが、今、向かっている店だった。

「それに前世で知っていたお菓子に似ているの。どこか懐かしくて……」

「へえ。……そういう話もじっくり聞いてみたいな」

フランツがわたしの髪をすくって弄びながら言った。

「前世のことは、はっきり覚えてはいないのよ」

「覚えていることだけでいいさ。面白い」

馬車をまた遠くに置き、変装はしないまでも、地味な服装にフランツが見た目を変えてくれる。

辿《たど》り着《つ》いたのは、街外れの石造りのシックなパン屋だった。

明日の日付けで閉店する旨が書いてある。

ベルを鳴らして入っていくと、すでに品物が少なくなった店内で見知った老婦人が、くたびれた様子で、器物を片付けていた。

「こんにちは。もう終わりですか?」

「まあエリーゼちゃん、来てくれたの？　でもノイマンケーキは売り切れてしまって……」

「いいんです。突然、閉店されるって聞いてびっくりして来てみただけなので」

「ああ、そうなの。ちょっといろいろあってねえ」

「……少し、お話を聞いていいですか？」

裏手に通されて、老婦人に聞かされたのは、驚くべき話だった。

六十歳以上の自営業の働き手は早期引退が勧告され、従わない者には重い税が課せられるというのだ。よほどの高収入の者でなければ働くほど利益が減るような額なので、今、高齢者は次々に店を畳み、第二の人生を模索中だと言う。

「なんだ、そんな話は聞いてないぞ。そんな勝手な法律が、議会で通るわけがない！」

フランツが驚いた顔で言った。

「あっ……！」

わたしは思い出した。

「フランツ、宰相以上の人間が独断で発令できる、緊急事態法がなかったかしら。突然の災害や外国からの急襲に備えて出せるヤツ」

「あるにはあるが、この場合、まったく緊急ではないだろう。そんないい加減な立法をすればすぐに苦情が集まって責任問題に……」

「でも、こんな庶民の一部の問題に、上の人達がすぐ気づくかしら。現にわたしたちが話を聞いたのも偶然だもの。庶民の陳情が集まるにしても数ヶ月はかかるでしょう。その上で審議して法を廃止するのにも早くて一ヶ月」

わたしは言った。

六十歳以上の自営業に限ってしまっている点がそもそも局地的だし、年齢的に諦める人も多い気がする。

「その間に税金を稼いだり、店を畳まざるを得ない者から安く土地を買い叩《かたた》いたり、いろいろと資金集めはできるんじゃない？　悪くすると外国の業者に乗っ取りを斡旋《あっせん》したりしているかも」

フランツは大きくうなずいた。

「そうか……いずればれてもいいなら、そういうデタラメは可能だな。大ごとにならない程度の悪法がもっと施行されている可能性はある。荒稼ぎした後、頃合いを見て逃げるつもりか」

「そうよ。もうこの国で再起はできないと悟って自暴自棄になり、手を変え品を変えて、いろいろ始めるの。自分さえよければ国の将来などはおかまいなし。細部は違うけれど、似たパターンはいくつか見たわ」

わたしは目を輝かせた。

「ようやく、ボルツマンが馬脚を露わし始めたのよ！」

わたしたちは老婦人に店を畳むのをもう少し待ってくれと頼み、一度屋敷に帰って、入念な打ち合わせをした。糸口はあったけれども、いつそれを実行するか迷っていたところの朗報だ。

放っておけば老婦人のパン屋のように被害にあうところはいくつもあるだろう。麻薬についても、いつまでも厳戒態勢を続けているわけにはいかない。

「わたし、もしかしたらレオナを甘やかしすぎたのかもしれない」

用意をしながら、わたしはフランツに思っていたことを洩らした。

「どういうことだ？」

「コレット達が言っていたでしょう？　彼女は少し、人見知りなところがあるって。物怖じしなくて誰とでも仲良くなれて、次々に味方を作れるのがあの子の長所なのに……だけど、それは悪役なわたしとの対決で培われたものだったのかも」

次々に陰険な策略でレオナを孤立させ、時に追いつめるエリーゼ。

しかし、その様々な試練を通して、レオナは打たれ強く、たくましくなり、その明るくめげない姿はだんだんと彼女を信じる者を作り、味方を増やしていく。

この宰相ボルツマンを追いつめる一幕も、本来なら彼女の活躍の場だったはずだ。

けれどおそらく、彼女はこの件に関わっては来ないだろう。

これまでも、ずっとそうだったとしたら。

わたしがゲームとは逆に画策してきたことで、レオナが成長するための様々な機会を潰していたのかもしれない。

フランツがわたしの肩に手を置いた。

「バカバカしいな。言っただろう？　この世界も人生もゲームじゃない。わざわざ決められたシナリオに沿って君が試練とやらを与えなければいけない道理はどこにもない、これから先、彼女の生涯にはいくつもの障害は現れるだろうし、彼女はそれに打ち勝つだろうさ」

温かい声音。

「それよりも、この先の人生に、君という友人が傍らに居てくれる可能性が生まれたんだ。それは得難い幸運だろう」

「そうかしら」

「ああ。……話に聞けば、そのゲームとやらでわかるこの先は、もういくらもないのだろう?」

「ええ。そういえば、そうね……」

そもそもがアルトゥール様とレオナが結ばれれば終わるゲームだ。

ボルツマンや、他にも居るかもしれない黒幕による麻薬事件などは、一部のルートで見かける事件に過ぎない。

けれど、人生はまだずっと続く。

わたしもこの先は、なんの手がかりもないまま進んでいかなければならないのだろう。他の人と同じように。

ちょっと呆然としているわたしを、フランツは、ぎゅっと抱きしめてくれた。


向かったのは、王都で一番の歓楽街にあるカジノ施設。

ここに、この件のキーパーソンになる人物がいる。

単に遊興施設というだけなら、国内のあちこちにアンデルス商会が経営する店が作られているけれど、ここはそれとは格別だ。

建てられたのは一昨年くらい前。

ひと際目立つ通りに建設された大きな建物の中には、カジノの他にも宿泊施設やダンスホール、レストランやバーなどが併設されている。もちろん庶民など足を踏み入れるどころか、中を垣間見ることも不可能だ。

最高級の物だけで造られたここは、王侯貴族とごく一部の富裕層だけが利用する不夜城。

そこを支配するのは隣国アリオスの大商人、オーガストだ。

彼はこの国の気候と食べ物が殊更に気に入ったらしく、かなり昔から我が国の王室に働きかけ続け、近年ようやく許可をもぎ取りこのカジノを作り上げた。

それからは彼はもっぱらこの国で暮らしている。

母国にすら仕事のために仕方なく帰る程度。お金儲けに熱心で、若い女の子の好きな少々暑苦しい男性だけれど、悪人ではない。

ゲームの中ではそう描かれていた。

そしてかなりの猫好きだ。

器量の悪いデブ猫を可愛がっていて、レオナが偶然にもその猫を保護したことで、猫を助けた礼だと際限なく力を貸してくれるのだから、そのキャラクターは察せられる。

ただ……そんな棚ぼた展開を期待していいのはゲームのヒロインだけだろう。

この世界でも本当にあのデブ猫がいるかどうかもわからない。

悪人ではないが、善人でもない。そんな海千山千の商人と取引をしなければならないのだから、気を引き締めてかからなければならなかった。

わたしはあえて清楚系なドレスアップにした。

フランツが装うのは、わたしの護衛だ。

二人とも普段より地味な服装をして、髪型をいつもより顔が見にくいように変える。別にばれてもかまわない、ただお忍びの体裁を取るだけでいい。

シックな服装の彼も、これはこれで格好いいわね……。

フランツにかしずかれるふうを装うのも、なんとなくくすぐったい。そんな場合でもないのに、ちょっと笑ってしまう。

わたしは彼を連れて、夜でも周辺五十メートルくらいを明るく照らす建物の中に入った。

一歩入ると、耳を塞ぎたくなるくらいの喧騒に包まれた。

スロットマシーンらしい機械が、チーン、チーンと引っ切り無しに結果の音を打ち鳴らし、ジャラジャラと金貨を排出する音や、客の舌打ち。ディーラーの掛け声や歓声が聞こえる。

その場に慣れるまでにいくらかの時間を必要としたけれど、その方が好都合でもある。

わたしは、少し場にとまどった雰囲気をまとったまま、見渡した先を歩くスタッフの一人に声をかけた。

「初めて来たのだけど、初心者でも楽しめるものはあるかしら？」

──数時間後。


わたしは、幾重にも重なって見物する客のどよめきの中で、カードを広げていた。

最初に案内されたカードゲームのテーブルだ。

前世でいうポーカーに似たそれは、庶民の子どもでもルールは知っているくらいポピュラーなもので、けれど高額な賭けの対象になることも多いゲームだった。

「まあ、また勝ってしまったわ」

わたしが驚いたように目を見張ると、手元に山となったカジノコインが引き寄せられる。

対戦相手は呆然とした顔で、「負けました……」と力なく告げ、テーブルを離れた。

わたしは「お相手ありがとうございます」と言いながら、次の挑戦者を待つけれど、もう誰も近寄って来ない。

ここに来てから、勝ちに勝っているので、さすがに警戒されているみたい。

──あれ、エリーゼ様じゃないか？

──あ、あの聖女とか悪魔とかいろいろ言われている？

──そう……見た目だけなら、今も天使みたいだけど、どうなんだろうな。

わたしの正体を見知った人達のささやきがさらにざわめきを大きくする。わたしは相変わらず無邪気で怖いもの知らずの振りをしたままだ。

けれど、そのささやき始められた言葉は人の疑心暗鬼を煽ることだろう。

わたしの評価は未《いま》だ揺れ動きつつも、定まっていない。国王によってうやむやにされたから、結局は決着がついていないのだ。

わたしは聖女かもしれないし、あるいは……稀代の悪女かもしれない。

だとしたら、どうなるだろう。

わたしの座る卓を囲む観客のみなさまは、こう思ったりしないだろうか。


悪女がまた裏で手を回しているのでは？

その手にあるカードに勝てる人間はいないのでは？

――稀代の悪女はディーラーと手を組んで、いやそれどころかカジノと繋がって、いかさまをしているのでは？


まるでカジノ中の注目が集まったように、周囲からの視線に圧を感じる。周囲のざわめきは段々と不穏な空気を帯び、落ち着く様子はみじんもない。

このカジノをこれ以上、引っ掻き回されないためには彼が出るしかない。

「お嬢さん、それではわしのお相手を願えますかな」

人波が割れて現れた、一際堂々とした、身なりのよい男性の登場に、わたしはこっそり口元を吊り上げた。

　彼こそがオーガスト……このカジノの支配人であったからだ。


　別にイカサマをしているわけではない。

　物慣れないふうを装っているけれど、わたしは実はかなりこのゲームが得意で、後ろにいるフランツはさらに得意だというだけだ。

　わたしが迷ったときには、彼と合図を交わし、その判断を仰ぐ。

　そのやり方で、二、三度、見せかけのための負けをこうむるだけで延々と勝ち続けている。

　オーガスト相手でもそれは変わらなかった。

「ビギナーズラックって本当にあるのかしら。ちょっと怖いです」

　さらに儲けを増やしたわたしは、カードを広げながら困ったように頬に手をあてて、ため息をついて見せた。

「ははは。まあ、そういうときもありますね」

　オーガストは、乾いた声で笑った。

「滅多にないことですのね、じゃあ、この機会に欲しいものをとってしまわないと」

　わたしは無邪気にそう言った。

「欲しいものがあるのですか？」

「ええ」

わたしはせいぜい妖しく見えるように微笑んだ。

大丈夫。わたしの後ろにはフランツが居てくれる。怖いものなんか何もない。

わたしは声をひそめ、彼にだけ聞こえるように言った。

「あなたがお持ちになっている、〝セイレーンの涙〟をわたしにくださいませんか」

「は？」

オーガストは目を見開いた。

「それさえいただければ、今日、わたしの稼いだお金はすべてお戻ししてもかまいません」

〝セイレーンの涙〟は王家の宝物庫にある門外不出の宝石である。

しかしボルツマンは、それを精巧な偽物と取り替え、私物化していた。

そしてそれを、あろうことか、賭け事に負けて、このオーガストに渡してしまったのだ。

抜け目ないオーガストは譲渡にわたって、ボルツマンからサイン入りの譲渡契約書まで取っている。〝セイレーンの涙〟は王家の宝物としてはかなり有名だから、オーガストも盗品とわかりつつ、それを譲り受けているはずだ。

ゲームのルートでは、愛猫を助けたレオナにいたく感謝した上で、彼女が目下悩んでいることを知って提供してくれる品。

残念ながらレオナほどの信頼を得ることはできないわたしだが、どういう理由でかオーガストがそれを持っていることを知っている、というのは彼に対してイニシアティブになるはず。

まあ要するにゲームからの知識で、カンニングもいいとこなんだけど。

わたしはオーガストを見つめながら、できるだけ優しく見えるように笑った。

聖女の微笑み、と呼ばれた、とっておきの表情だ。

「何も仰らないで。あなたにはなんの落ち度もないことはわかっています。あなたは何もご存じなくて正当な方法でそれを譲渡されただけ」

「それを今度は正当な方法でわたしにお譲りくださるだけでいいのですわ。そうしたらそれがどこから出てきたかも公表しません」

「は、はは……なんのことだか……」

このテーブルでわたしは、さしものオーガストの懐《ふところ》もかなり痛むはずの額を稼いでいる。

こちらの申し出は彼にとって悪いものではないはずだ。

「どうでしょうか……わたしたち、とても困っているのです」

わたしは情に訴える仕草で、オーガストを見て、自分の背後にちらりと目をやった。

オーガストは、はっとした顔をする。

抜け目ない彼のことだ。わたしの素性も、フランツの顔も把握しているだろう。

非公式であるが第一王子が見守っている。この茶番は王家の意向、とそれとなく示してやる。

わたしたちは事前にある推測をしていた。

オーガストは味方ではないが、敵でもないはずだ。

彼もひとかどの商人。高齢の自営業者を狙い撃ちにするようなボルツマンの暴走は、彼にとっては好ましいものではないだろうと。

そして理屈の通らない暴走は、イコールこの先の遁走《とんそう》、あるいは破滅を意味するので、ボルツマンはこの先、彼にとってのよい顧客にはなりえない。

それどころか、何らかの容疑で逮捕され、彼の盗んだ品の所在を問われることになれば、オーガストだって無事ではすまない。

痛くもない腹を探られ、今まで培ってきた商人としての信頼は、危ういものとなるだろう。

けれどここで、この取り引きを呑みさえすれば。

少なくとも〝セイレーンの涙〟の件については不問になる。

それを盗まれた被害者である側の王家が保障する。〝セイレーンの涙〟があれば、何があっても尻尾を出さなかったボルツマンを窃盗の罪で追い詰め、拘束して尋問や家宅捜索に持っていくことができるからだ。

問題はオーガストがそれを渡してくれなければ、ボルツマンの逮捕自体が、いつになるやら見当もつかないこと。

そこを見透かされ、足元を見られたらどう転ぶかわからない。

〝セイレーンの涙〟など知らない、としらを切られたら、この場でわたしたちに打てる手はあまりない。

まだ迷っているらしい彼に、わたしはふと思いついて付け加えた。

「今度の宰相の横暴には街の者も大変、困っているようです。野良猫を保護して、譲渡先を探していた老夫妻の店にまで重い税が課せられて、猫が行き場を失くすのではないかと、危惧しておりますわ」

わたしの雑談めいたつぶやきにオーガストは今までで一番、激しく反応した。

「は、は……猫が……それに保護猫、ですか。そんな商売があるのですね」

「商売といっても猫たちの世話代を稼ぐための利の薄いものですから、重税など課せられたらひとたまりもないのです。けれどすぐに引き受け先など見つかりません。それに猫はデリケートですから、ただお金で雇った適当な人間に世話をさせたら弱って逃げてしまうかも……」

「ああああ」

オーガストは頭を抱えた。

最後のダメ押しのはずがこれが一番、利くとは思っていなかった。

思った以上に、猫好きだったのね……。

最後の勝負を待つことなく、オーガストは〝セイレーンの涙〟の譲渡を約束してくれた。

第五章　多くは語らぬ大団円

明るい陽射《ひざ》しが差し込むテラスの一角。

香り高い紅茶が人数分、つまりティーカップが四つ、それぞれの前に置かれていたけれど、そのお茶に手を伸ばす人間はいない。

「ボルツマンの家宅捜索をして、汚職の証拠は山ほど見つかったものの、青い結晶に関しては何も出てこなかったらしい」

「けれどその青い結晶の正体はわかりました。ハーゲンでは昔からあるもので、〝アビスの夢〟というらしいです。高熱の治療に少量使われるものですが、多用すればお嬢様の言うように強い依存性を持ち幻覚作用もあって苦労するとか。ノアが解毒薬を作るのに挑戦してますが」

フランツとルチアの報告にわたしはうーんと唸った。

ボルツマンが失脚したのはいい。

おかげで明らかに金策が目的だった悪法はすべて即時撤回された。あの下町のパン屋のおばあさんも、閉店は思《おも》い止《とど》まってくれるだろう。

けれど問題の麻薬じみた結晶……〝アビスの夢〟をばらまこうとしている黒幕は、彼ではなさそうだ。

元々、まずヴォルニウス辺境伯家を狙ったのだから、金目当てで深く考えないボルツマンが関わったとしても彼に指示を出した存在――つまり主犯として隣国ハーゲンの存在がある、という予想はしていた。

そのラインである可能性はやはり高い。

そして今回、ゲームの知識から、隣国の思惑に操られた国内の実行犯はボルツマンだろう、という線で動いていた。

それが違った。

隣国ハーゲンと繋がって麻薬を広めようとしているのは誰なのか。

結局はそれを突きとめなければ、問題は解決しない。

でももうゲームの知識は使えそうにない。

「まあ今日はこれだけわかったんだ。〝アビスの夢〟も出回っていないし、あせることはない」

フランツが慰めるように言う。

「辺境の方は大丈夫なの？」

「ああ。どうもこちらが警戒しているのを悟られたらしく、怪しい動きはないそうだ。元々、あの熱中症もどきで慌てているときでもなければ売り付けられない自覚があったんだろう」

「あのとき同じ別荘地に居た者の名簿は？」

「ちょうど届いたところだが、特に怪しい者はいなかったぞ？」

「念のため、見せてちょうだい」

わたしはフランツが出してくれた一覧表に目を通した。確かにボルツマンに近いものや元々王室に批判的な貴族等の名前はない。

けれどわたしの目はある一点に釘付《くぎづ》けになった。

「フランツはこの間、言っていたわね。ハーゲンの王太子は顔はいいが、陰険で性格が悪く、女を騙して使い捨てにするような真似をよくすると」

「誰か利用されそうな女性の名前でもあったのか？」

「ええ……今は、ただの疑惑だけども」

名簿に載っていたのは、ヘンスラー侯爵家のダニエラ。

以前からわたしの誹謗《ひぼう》中傷に励み、わたしが婚約破棄された後は、何故か、熱心にレオナに取り入っていた令嬢である。

直接繋がりはないが、怪しむ理由は多い。その日はフランツとルチアに今までのことを話して危機感を共有するだけで終わった。


「王城からの呼び出し？」

それから数日後のことである。

フランツが騎士団の仕事に行ってしまい、調査は続行しつつもどこか攻めあぐねて、屋敷で過ごしているときにその知らせはやってきた。

「はい。なんでもエリーゼ様に児童虐待と傷害事件の教唆《きょうさ》の疑いがかかっているから来るようにと、王太子殿下から……」

「なんですって？」

最近は自分で煽ったりはしていないとはいえ、悪い噂程度ならいくらでも掘り起こせる。社交界とはそういうものだ。

それでも児童虐待と教唆の疑いで呼び出しとは……。

さすがに驚いたけれど、後ろ暗いことはないからと気持ちを落ち着かせる。

「どうも例の令嬢が絡んでいるらしいです。なんだか証人も複数用意しているとか」

「なるほどね……あちらの方から仕掛けてきたってわけ」

学院時代、ダニエラがやってきたお粗末な工作を考えれば、恐れる必要はない。

ただ、今は背後に誰か……それこそハーゲンの王太子が糸を引いている可能性がないとは言えない。

「そうね……」

わたしは念のため、コレットとローズマリーに、場合によっては協力をお願いする手紙を書いた。

フランツにも今から王城へ向かうことだけ伝令を飛ばして、それから向かうことにした。

フランツの屋敷は王宮の敷地内だけど、何せ王宮自体がかなり広いので王城まで馬車でもそれなりに時間がかかる。わたしは着いてからのあれこれを考えながら手持ちの書類を読んでいたので、気付くのが遅くなった。

馬車が急停車するガタンという衝撃が走った。

「な、なんだお前達は」

御者の動揺した声が聞こえる。

わたしは驚いて、窓の外を見た。

顔まで隠す兜《かぶと》をかぶった黒い鎧《よろい》の男が数人、馬車を取り巻いている。あたりも昼間にしては何か暗くなって、人目を避ける結界的なものが張られているようだ。

「おまえがエリーゼだな。降りてこい」

御者を羽交い締めにして首元に剣を突きつけた男が言う。御者を見捨てられないのはもちろんだけど、そもそも馬車を取り囲まれて剣と槍《やり》を突きつけられているのだ。逃げ場がない。

王宮にこんなに武装した人間が入れるなんて……。

わたしは怪しみながらも怯えたふうを装い、馬車を降りた。

意図的に感情を大袈裟に表している、それは演技といえるかもしれないけど、もちろん内心だって普通に怖い。

わたしは気付かれないように周囲を見回した。

木が多く、周囲から見にくい場所にある道だ。結界らしいものがあっても、完全なものではないだろう。せいぜい、人の注意を引かないようにする程度。

だったら……。

「なんでも言うとおりにします。だから乱暴しないで」

わたしは武器を持っていないことを示すふりをして、掌を広げて上に向けた。そうしてひそかに大気中の精霊に助けを求める。

アーベントロート家は昔から精霊の加護のある家……この設定、悪役令嬢にはミスマッチじゃない？　とは前から思っていたんだけど。

ゲームはゲーム。ただこの世界を垣間見た誰かが、それをモデルにして作っただけの物だというのなら納得だ。

精霊魔法は他の魔法とは系統が違う。

この結界系の魔法を打ち消すのではなく、上掛けするような形で人の注意を引くことができるはずだ。

バサバサッと、鳥の羽音が聞こえた。

「な、なんだ？」

男達の一部が動揺する。大気に干渉するのと同時に呼びかけた鳥たちが群れをなしてこちらに向かってくる。

呼んだのは主に大きめの鳥、カラスやトビなど。

けたたましい鳴き声を上げながら上空を旋回しているので、外からは目立つだろう。

「くそっ！、お前か、何をした！」

男がわたしの腕を掴んだ。

「えっ、誤解です。わたしは、何も……」

「嘘をつくなっ！　このっ」

男がわたしを殴ろうと手を振り上げたときだ。

「動くな」

男の喉元に剣が突きつけられた。

「あ、う……何故だ……」

男は、驚愕《きょうがく》したように停止した。何もないところから、いきなり敵が現れて剣を突きつけられたのだから、当然だろう。

フランツだ。

目くらましの術を使っていたらしい。

彼はわたしと男を引き離すように間に入ると、鋭い声で言った。

「馬車の中に入って、扉を閉めておくんだ！」

「は、はい……」

わたしは急いで馬車の中に入った。止めようとする男達は、ことごとくフランツにいなされて倒れていく。

「すごい……」

馬車の窓からでも、フランツが目くらましの術をうまく使い、消えたり現れたりしながら、男達を倒していくのがよく見えた。

目に留まらない敵の姿に、男達が混乱し、パニックになっていくのがよくわかる。

あまり切ったりはせず、拳や蹴りで昏倒《こんとう》させているようだ。

「フランツ様！　ご無事ですか！」

「団長！　速すぎますよ」

間もなく騎士団の人達が固まってやってきたが、事は既に終わっていた。

馬車と彼らの間に、十人はくだらないだろう数の男達が、呻きながら倒れ伏している。

「お前ら、こいつらを拘束して尋問しておけ！　ハーゲンの奴《やつ》らかもしれない」

フランツはそう言って、腰を抜かしているらしい御者の方を見る。

「あと、この御者は被害者だ。少し休ませてから丁重に話を聞いてやれ」

そう言いながら、馬車の方に駆け寄ってくる。

わたしの姿を見て、ほっと表情を緩めた。

「エリーゼ、ケガはないか？」

「大丈夫よ、それより、よくわかったわね……」

「ユリアンのヤツに知らされたんだ。アルトゥールが何か誤解して突っ走っていると。悔しいが一つ借りだな。あいつの方も忸怩《じくじ》たる様子だったが」

「ユリアンが？　助かったわ。でも悔しいって……？」

「ああ、いい、今は時間がない。俺が御者をやって飛ばすぞ。ちょっとよく捕まっておいてくれ」

「ええっ⁉」

驚く暇もないまま、馬車の扉が閉められフランツがひらりと御者台の上に飛び乗るのが見えた。すぐに掛け声が駆けられ、馬車が動き出す。

あっという間に凄いスピードになって、わたしはまっすぐ座っているのがやっとだった。

なんで王子様がこんなことまでできるの!?

内心で突っ込みながらも、ただ乗っていることしかできない。

フランツのおかげで、ほどなく馬車は王城に着いた。

「例の令嬢があることないこと、まくしたてて、お前を悪者にしようとしているらしい。まあ本人が来なければどうにでもできる、ということだろうが」

フランツはわたしをエスコートして、足早に進みつつ言った。

「本人を来させまいとしている時点で、お里が知れている。大方、化けの皮が剥がれるのを恐れて逃走したということにしたかったんだろうが」

「わたしを殺すつもりだった……?」

「いや、たぶん、薬漬けにして言いなりにさせるとかじゃないか。俺の最愛の妻だ。利用価値がありすぎる」

「わたし、フランツの弱みだと思われているのね……」

ちょっと悔しくなってつぶやくと、フランツは腕にかけていたわたしの手を取って、手を繋ぐように握ってくれた。

「そんなバカなことを考えたやつらを、後悔させてやろう」

そうであることを微塵《みじん》も疑っていない真摯な瞳を向ける。

「エリーゼは俺の弱みなんかじゃない。むしろ最大の武器だ」


わたしたちが指定された広間にたどりつくと、驚いたようなざわめきが起こった。

初めて入る部屋だが、簡易の裁判じみたものをするところらしい。

部屋の奥の正面、少し高くなった席にアルトゥール様とレオナが座り、一段低いその横にダニエラが座っている。

法廷で言うと書記官の席だろうか？

アルトゥール様の斜め前に、茶色い髪のユリアンが小さな机と椅子に帳面を広げて何か書いているのが見えた。

ダニエラの向かいになる長椅子に国王陛下と王妃様、シルヴィア様の姿が見え、他にも見知った高位貴族が十人ばかり、取り囲むようにして列席している。

「お待たせして申し訳ありません」

わたしとフランツは、証言台に向かう被告のように、人が左右に分かれて道のようになった中をまっすぐに進んでいく。

アルトゥール様は、卒業式のときと同じような難しい顔をしていた。

対するレオナはどうすればいいか迷うような顔で、アルトゥール様とわたしの顔を交互にうかががっている。

「約束の時間より三十分遅れているようだが？　証拠の隠滅を図っていたのではないか？」

アルトゥール様が開口一番、厳しい調子で言った。

「それは……」

弁明しようとしたわたしをフランツが遮って口を開く。

「それについては、俺が説明しよう。エリーゼは時間前に到着するよう屋敷を出ていたが、途中、複数人の暴漢に襲われていた。俺と騎士団の働きで事なきを得たが……その男達は拘束してあるし、騎士団や御者の証言も取れる」

「は……？　王宮内で暴漢？　そんなことが……」

アルトゥール様がびっくりしたように目を見開いた。

フランツは肩をすくめる。

「あってはならないことだが、あったんだよ。もう少し門外の警備は増強した方がいいな。大方手引きをしたものがいたのだろうが……」

フランツは鋭い目で、横にいるダニエラを見た。

彼女は少し顔を強張らせたが、気丈な目でフランツを見返す。

アルトゥール様は気を取り直したように、肩をそびやかした。

「ならば遅れた件は不問としよう。しかしエリーゼには、多くの疑惑がかかっている。証人をこちらへ」

アルトゥール様が呼ぶと、三人の男女が、衛士に連れられてやってきた。

わたしはその誰にも見覚えがない。

まず前に突き出された男は、どこかぼんやりした様子で土気色の顔色をし、頬がげっそりこけていた。

男はわたしにまっすぐに指を突き付けると言った。

「この女が俺に金を渡して、気に入らない女を痛めつけてくれと言いました」

ダニエラが、したり顔で付け加える。

「エリーゼ様は今に至ってもレオナ様を逆恨みし、隙あらば害そうとしているのです。そのためにまず手始めにレオナ様の親友であるわたしを狙わせて。まあうちの使用人に取り押さえられましたけど」

「はあ……」

いきなり衝撃の告発を受けたわたしとしては、そう言うしかない。

証拠は？　とかこの男があなたの手駒でない証明は？　とか言ってもムダだろう。

次にずい、と押し出されるように中年の女性が出てきた。この人もどこかぼんやりして目の下にクマを作っている。

「フランツ。これ……」

わたしが扇を広げた陰で小声でささやくと、フランツも苦い顔でうなずいた。

「ああ、間違いない。麻薬中毒の患者だろう」

王宮や街中では異変はなかった、とすると、ダニエラが何らかの方法で中毒にさせた人間を侯爵家で匿《かくま》い、わたしに罪を被《かぶ》せるよう誘導しているとしか思えない。

中年の女性が、またもわたしを指してとつとつと話し出した。

「わたしは草花を煎じてキズ薬を作ったり、ネズミやイタチなどの害獣を殺す毒薬を作り出し、それを販売して暮らしております。ある日、こちらのお嬢さまがきて、女の肌に塗ればみるみるうちにかぶれて、二目と見られぬ顔になるような薬を作れないかと言ってきたのです」

「この女性はそんな恐ろしいことはできないと断ったのを、エリーゼ様にやらねば殺すと脅され、わたしを頼ってきたのですわ」

「はあ……」

わたしは、そう言ってから、アルトゥール様の視線がますます厳しくなるのを感じて慌てて手を振った。

「記憶にありません。人違いではないでしょうか」

そもそも杜撰《ずさん》な計画すぎる！　とかわたしならもっとうまくやります！　と言ってはダメなのだろう。

最後の大柄な男性も、青白い顔で、ぶるぶると手が震えていた。

「お、俺は、その、あるお嬢さんを掠《さら》って、手籠《てご》めにしてくれたら、そのまま嫁さんにしていい。金もがっぽりくれるって言われて……」

「誰に？」

ダニエラが、鋭い声で言った。

「へ？　あ、ああ、もちろん、このべっぴんさんに言われたんです。あ、ああ、本当にすごいキレイですね、この人」

大柄な男性は慌てたように、わたしを指差して支離滅裂なことを言った。

これ以上、置いておくのはまずいと思ったのか、他の二人よりごく短い時間で退出させられる。

「おわかりでしょうか、皆さん。エリーゼ様のこの恐ろしい所行を！」

ダニエラはハンカチを取り出して、涙を拭く真似をしながら言った。

「今回は、すべて未然に防げたからいいものを、エリーゼ様は次から次へと、わたしを、ひいてはレオナ様を陥れるための奸計をしかけてきたのです。わたしはもう心配で……正当なる裁きのもとに、あんな恐ろしい女性は王都から追い出してください」

傍聴人の貴族たちがざわざわとざわめいて、近くの相手に耳打ちなどしている。

げんなりした、あるいは、白けた顔の人達は、きっと嘘くさいと思っているのでしょうけど、ある程度は本気に取られているのかしら。

あまりにバカバカしいけれど弁明は必要だ。

わたしがこの根拠のない告発三連発に対抗して、嘘泣きして愁嘆場でも開こうかと息を吸い込んだとき、意外なところから静止の声が上がった。

「お待ちください！」

扉を開けて入ってきたのは……コレットとローズマリーだ。

「王太子殿下！　わたしたちは学院で、エリーゼ様ともダニエラ様ともご一緒しておりました。発言をお許しいただけますか？」

コレットがアルトゥール様をまっすぐ見て言う。

「あ、ああ、許す」

アルトゥール様が少しとまどいながら言った。

「先ほどの皆さんが、どんな証言をされたのかは聞けませんでしたが、わたしたちはエリーゼ様が、あくどいことなどなさらないのを知っています」

「エリーゼ様が美しくて優秀なのをねたんだ方々が、根も葉もないことを吹聴して回るのを、エリーゼ様は止めなくていいと仰いました。だからこそ変な噂が一人歩きしてしまったのですが、彼女が悪いわけではないのです」

「そして、そういう噂を流していた張本人こそ、ここに居るダニエラ様です。彼女がエリーゼ様を語る言葉に、一片の真実もありません」

コレットとローズマリーが口々に訴えた。

「失礼な方達ね！　何を根拠に……証拠を出してちょうだい」

いきなり、自分が責められ始めたダニエラは、青筋をたてて怒り始めた。

「王太子殿下、この二方はエリーゼ様の仲のよい友人です。信用なさらないで」

「しかし、そなたが言うエリーゼの恐るべき計画というのも、言ってみれば証言だけだ」

アルトゥール様が困ったように言った。

「証拠と言えるようなものはない」

「そ、それは……」

ダニエラは口ごもって、助けを求めるようにアルトゥール様の横のレオナを見た。

レオナはうつむいていたが、不意に顔を上げてきっぱりと言う。

「アルトゥールの言うとおりだ。証拠がない。そもそもエリーゼがそんなに執拗《しつよう》にダニエラだけを狙う理由ってなんだ？　別にあんたとはそれほど親しくないし」

レオナ、その言葉使いはダメだわ……。

わたしは、やりとりそのものより、そっちが気になってやきもきした。

動揺しているのか、すっかり入学当初の、砕けた感じに戻ってしまっている。

青くなったり赤くなったり忙しいダニエラは、きっとレオナを睨み付けた。

「証拠ならございますわ。あの子をここへ！」

ダニエラはきっぱりと言った。

彼女の従者らしい者が五歳くらいの少女を、こちらに連れてくる。

わたしは、息を呑んだ。

その少女の額に、痛々しい白い包帯が巻かれていたからだ。

手足にも、あちこち痣《あざ》やすり傷があり、足も軽く引きずられている。

明らかな虐待の跡だった。

そしてその顔には見覚えがあった。よく訪ねる王都の孤児院にいる一人だ。

いつもなら笑顔で懐いてくるその少女は、虚《うつ》ろな目を大きく見張り、今にも泣き出しそうに顔を歪めている。

「おわかりですか、皆さん、可哀想にこの子は傷め付けられています。エリーゼ様が慰問と称して孤児院を回りながら、その実、気に入らない子は、つねったり叩いたりして、日頃の憂さを晴らしているのですわ」

ダニエラは勝ち誇ったように言った。

「この子のこの有様こそがエリーゼ様が外面だけ繕って、悪魔のようである何よりの証拠。そして子どもは嘘など申しません。ねえ。そのケガはどうしたの？　教えてちょうだい」

ダニエラは、猫撫《ねこな》で声《ごえ》でその少女の耳元でささやいた。

「それは誰にやられたの。大きな声で皆様に教えてあげて」

ダニエラに、促すように肩に手を置かれ、少女は震える声で口を開いた。

「え、エリーゼ様にされました」

その言葉は可哀想なくらい棒読みだったが、知らない人は辛い過去を思い出しているからだと思うのだろうか。

少女はぎゅっと目をつぶり、大粒の涙をこぼしながらなおも言った。

「エリーゼさまは……ひどい人なんです」

わたしは怒りのあまり、目が回りそうだった。

どういう経緯か知らないが、少女が、無理矢理言わされているのは間違いない。

あんな小さな子を利用して……。

わたしが声を上げようとしたとき、フランツが、すっと止めた。彼は大股で少女の方に歩いていく。

「ふ、フランツ様……いけません、あなたは被告人側です」

「被告だとて弁護の機会くらいはあるだろう。違うか？」

抗議するダニエラを一瞥《いちべつ》し、フランツはアルトゥール様に訊いた。アルトゥール様は無言でうなずく。

フランツはしゃがみこみ、少女の頭に手を置いて、目を合わせながら言った。

「よしよし。怖くないぞ。落ち着いて目を開けてごらん」

少女は涙を流しながらもゆっくりと目を開け、フランツを見た。

悲しみに濡れた目が、さらに大きく見開かれる。

「お兄ちゃん……王子さま？」

「ああそう。王子さまだな。君を助けにきたんだ。名前を教えてくれるか？」

「……ロッテ。わたしを助けに？　わたし悪い子なのに？」

「ロッテか。いい名前だ。悪い子なんかじゃないさ」

フランツは少女を抱き上げた。

「怖いお姉さんに脅されたんだろう？　言うとおりにしないと君も君の大切な友達も、面倒を見てくれる先生たちもひどい目に遭うと言われたかい？」

「…………」

少女は黙ってうつむく。よほど厳しく言い含められたらしい。

フランツは何を思ったのか、少女を国王陛下と王妃様の方に連れていった。

「ロッテ。ほら見てごらん。わかるかい？　この人達が、この国で一番、偉い人だ。どんなに怖い人でも、この人達を無視して君たちにひどいことなどできない。そうですね」

フランツが話しかけると、陛下はうなずいた。

「無論じゃ。だから安心してよい」

「ほんとうに？」

少女は、また涙を流した。

「本当さ。だから君は気にせず思ったことを言えばいいんだ。エリーゼはひどい人かい？」

少女は、ぶるぶると首を振った。

フランツはなおも訊く。

「エリーゼは君をぶったかい？　君はエリーゼのことが嫌い？」

「嫌いじゃない、嫌いじゃないの、大好き！　大好きなの。エリーゼ様、ごめんなさいぃぃ」

少女はしゃくり上げて泣き出した。

「さて。こう言っているがどうだろう」

フランツはダニエラを見据えた。

ダニエラは真っ青になって震えている。

「そんな……子どもに誘導尋問みたいなことをして……ずるいですわ」

「そのセリフは、そのままお返ししよう。そしてもっと確かな証言もある」

フランツは、書記をしているユリアンを見た。

ユリアンは仕方なさそうに立ち上がって言う。

「連れてこい」

わたしは驚いた。

しばらくして衛士に先導された孤児院の子ども達が、十数名あまり、わらわれと連れてこられたからだ。

「フランツ、これ……」

「向こうが何か証人を用意していると言っていたからな。保険のためにユリアンと相談して用意した。こんな杜撰な計画だったら必要なかったかもしれないが」

フランツがふっと笑って言う。

わたしが驚いてユリアンの方を見ると、彼はちょっと気まずそうに頭を下げた。

子ども達は、いきなりお城のきらびやかな部屋に連れてこられて、不安そうに辺りを眺めていたが、わたしの姿に気付くと顔を輝かせた。

「エリーゼ様だ」「エリーゼ様、何してるの？」小さくささやく声が聞こえる。

わたしが彼らの傍に歩いていっても、もう誰も咎めなかった。

わたしは子ども達の傍に寄った。

「みんな、緊急事態なの」

わたしは、彼らに前から教えていた秘密の合い言葉を使った。

コレットとローズマリーに作るように言われてから考えた、困ったときの合図だ。

「ちょっと今、わたしのことを誤解している人たちに困らされているから、わたしに対する本当の気持ちを教えてくれる？」

「いいんですか？」

年長の男の子が、びっくりしたように目を見張った。

「ずっと、外の人達には、秘密にするように言われていたのに？」

「本当に、本当のことを言ってもいいの？」

女の子や男の子達が口々に言った。

「ええ、もちろんよ。何を言われても甘んじて受けます。それでいいですね」

わたしはアルトゥール様を見て言った。

想定していたのと事態が違うことが呑み込めてきたのだろう。とまどった顔でうなずく。

「かまわない」

レオナは彼の横で、ひどく真剣な顔でわたしと子ども達を見ていた。

「エリーゼ様、大好き！　優しくてキレイだから！」

年長の少女にそそのかされたのか、六歳くらいの女の子がそう言って、わたしに飛びついてきた。

「まあ、本当に？　嘘を言ってはダメよ。みんな聞いていますからね」

わたしは、女の子を抱きとめながら言った。

「本当に本当だもん」

「ずるい、ぼくだって、エリーゼ様のことが好きだ」

男の子が近付いて、スカートにしがみつく。

「わたしも！」

わらわらとあっというまに子ども達が群がってきて、わたしはもみくちゃにされてしまう。

空気が完全に変わり、法廷のようだった室内はどこか気の抜けた、和やかな空間になっていた。

「やっぱり」「フランツ様が娶った時点で……」「見た目どおりでは」

周囲の貴族達のささやく声が響く。

「嘘よ！」

ダニエラの金切り声が響いた。

「王太子殿下、騙されないでください。これがいつものエリーゼの手口です。優しいふりをして子ども達を騙して……」

「しかし……この子ども達のところへエリーゼは三年以上、通っているというのだが」

アルトゥール様が、ユリアンが差し出したと思《おぼ》しき書類を捲《めく》りながら、困惑したように言った。

「三年間、子ども達に慕われるように振る舞ってきたとして、それの何を偽りというのだ？」

「そ、それは……その、こうやって、子どもを懐かせて、将来、自分に都合のよい手駒にできるように、洗脳して……」

「いいかげんにしてくれ！」

ユリアンが、台を拳で打って立ち上がった。

「ユリアン？」

アルトゥール様が不思議そうに言うのを、ユリアンは苛立ったように見返した。

「俺たちと、この方のことを、そんなふうに言われるのはもう我慢できません。王太子殿下。今まで隠してきましたが、俺もかつてエリーゼ様に世話になった一人です」

ユリアンはつかつかとわたしの方に近付いてきて横に立った。

「恩義を感じて、こちらから手助けを申し出ることはありますが、この方は何一つ、自分から俺たちに何かを要求することはなかった。殿下が彼女を誤解して婚約破棄されたときにも、何一つ、弁明など頼んでこなかった。手駒とかそんな言葉で侮辱されるいわれはない！」

ユリアンは強い言葉で言った。

アルトゥール様は彼をたいそう信頼して、傍においていると聞く。そんな側近の言葉は何よりも彼の心を動かしたようだ。

「それじゃ……エリーゼは本当に何一つあくどいことなどしていなかったというのか」

アルトゥール様は呆然とつぶやいた。

そしてはっとしたように、傍らのレオナを見る。

「だが、レオナを突き落としたのは、エリーゼだと。そうだな！」

レオナはうつむいて言った。

「ごめん。それ、ちょっと自信なくなってきた……」

「ダニエラ嬢に利用された男爵令嬢に、魔法で任意の空間を鏡のようにして、映像を浮かび上がらせることのできる者がおります。必要とあらば証言すると」

ユリアンがさらに新しい書類を出して、事務的な口調で言った。

「そんなことが……」

アルトゥール様はがっくりと項垂《うなだ》れた。

◇◆◇

「しかし、心配だな。宮中の人間が君のすばらしさを知ってしまって」

フランツがシーツの上に散らばったわたしの髪をもてあそびながら、困ったように言った。

「ただでさえ多いライバルをまた増やしてしまった」

「大袈裟だわ」

愛し合った後の気怠さに包まれて、うとうとしていたわたしは、彼の大仰さに呆れて言う。

「フランツこそ、あんな小さい子に優しい姿を見せて。またファンを増やしてしまったんじゃない？」

「関係ないさ。俺は君にぞっこんだからな」

「それを言うならわたしも同じよ」

あれから調べが進むにつれダニエラの企みが明らかになり、逆に彼女が逮捕された。

彼女の屋敷からは、探していたアビスの夢が発見、押収された。

中毒患者は簡易裁判で証言した例の三人以外、見つかっていない。ノアが薬の解毒に成功したようなので、回復したらもっと詳細な証言が取れるだろう。

ダニエラによると、彼女をそそのかしたのはやはりハーゲンの王太子だった。

わたしを襲った男達もハーゲンからの提供だというが、捕縛した彼らからはっきりとした証言を取る前に、全員が獄中で死亡してしまったそうだ。

そうなってしまえば証拠など何もない。

問い合わせようとも、のらりくらりと言い逃れされて終わるに違いなかった。

ちょっと口惜しいが、あちらもまだ本気で仕掛ける気はないようだし、今のところは様子見するしかないようだ。

そしてわたしはアルトゥール様とレオナから正式な謝罪を受けた。

もちろん快く許したし、レオナにはまた改めてこちらも謝らなければいけないだろう。

いろいろあったけれど、わたしとアルトゥール様は婚約破棄した方が誰のためにもよかったというのは、わたしたちの間の暗黙の了解になっているので、過去のことはもうなかったことにしたい。

レオナとはもう一度やり直して……王太子妃教育は再開したいけれども！

フランツが楽しそうに笑った。

「エリーゼは聖女とか悪役令嬢とかいう以前に、けっこう世話焼きだな」

「否定したいけれど……そうかもしれない」

わたしはしぶしぶ認めた。

小さい子は好きだし、困っている人は手助けしたくなるし、手のかかるお転婆な友人はガミガミ叱りながら教育したくなる。

「今からその調子では、子どもができたりしたらどうなるか心配だが、忘れずに俺の面倒も見てくれ」

そう言いながら、またフランツが覆《おお》い被《かぶ》さってキスしてきた。

「あ……」

もう眠ってしまいたいと思っていたのに、舌を押し込まれて口内を掻きまぜられると、燻《くすぶ》っていた熱は、たやすく蘇ってしまう。

逞しい肩に手を回し、心地良い重みを身体に受ける。

「代わりに俺は君をどこまでも甘やかすから」

ちゅっちゅっと、首筋で遊んでいた唇が、徐々に胸の方に下りてくる。

「や、あ……」

膨らみをやわらかく揉まれ、先端を吸われると、甘い痺《しび》れが背筋に走った。

とろりと身体の奥が熟れてくるのがわかる。

もどかしさに脚を擦り合わせると、フランツがくすりと笑った。

「もう欲しいのか？」

「いじわる……」

軽く睨むが、そんなことで堪《こた》える相手でないのは百も承知だ。

「訊いただけだろう？　ほらここもこんなに濡れている」

止める隙もなく、脚の間に手を入れてまだほころんだままの花びらを探られる。

「あ、あああん、」

くちゅくちゅと指先で入口を弄られながら、同時に膨らんだ花芯を転がされ、どうしようもなく声が漏れてしまう。

軽く上りつめて、息を吐いていると、背中からゆっくりと抱き起こされた。

「な……に？」

彼の腰をまたぐ形で膝の上に座らされ、わずかにフランツを見下ろすようになると、彼が甘く笑った。

「今度は自分で挿入《い》れてみてくれるか？」

「あ……」

言われて始めて、お尻に当たる彼のものを意識する。

わたしは身体をずらして、それを確かめた。

彫刻のように整ったフランツの身体の中心にいきづく、不思議な形をしたもの。

手を伸ばしてそっと握ると、固いのに、どこか柔らかく、熱かった。

「そうだ。それをエリーゼの欲しいところに導いて」

「そんなこと言われても、よくわからないわ」

身体の奥は確かに、何かを埋めて欲しくて疼《うず》いているけれども。

わたしはおっかなびっくりそれを指で支えるようにして、濡れそぼった自分のそこに宛《あて》がった。

「んっ……」

ぬるりと滑って何度か失敗してしまう。

「うまくできない……」

「初めてだから、慌てなくていい。もう少し身体を持ち上げてゆっくりやってごらん。エリーゼなら大丈夫だ」

「勝手なことを……」

無責任に請け合うフランツを睨みながら、わたしは恐る恐る身体を浮かして、再び彼のものを蜜口に入り込むようにする。

彼の肩に手を添えて、ゆっくりと腰を下ろしていく。

「んんっ……」

ずぷりと、熱っぽい肉楔がわたしの中に埋まった。

いつもよりずっと強烈に彼の存在を感じる。

ゆっくりと入ってくる。

「そう、上手だ……」

わたしを見上げる彼の目が熱っぽい。

「フランツも気持ちいいの？」

驚くほど奥まで彼を受け入れてしまって、ちょっと動くのが怖い。

わたしは馴染むまで身体の動きを止めて、彼を見つめた。

フランツによくされるように、彼の頬に手を当てて、目を覗き込む。

「ああ、とても、気持ちいい」

フランツが微笑んだ。

「エリーゼに身体ごと、抱きしめられているみたいだ」

「わたしも。全身でフランツを感じてる」

幸せだ。

しばらくそのまま抱き合っていたが、やがてもどかしくなったのが、彼がゆったりとわたしを揺さぶった。

「あん」

身体の内側に、すごく感じる箇所があって、わたしは甘い声を上げる。それを悟られたのか、フランツがその箇所にあたるように、身体を動かしてきた。

腰を少し持ち上げられ、落とされると、ぬるりとした感触が、蜜の多さを教えてくる。

「あ、ダメ……」

「いいから、自分の気持ちいいように動いてごらん」

誘うように言われるともうダメだった。

「んっ、んっ……」

わたしはフランツにしがみつくようにして、上下に腰を動かした。

気持ちのいいところにあたると、きゅうっと内壁が締まるのがわかる。

そうなるとフランツの形までわかるようで、余計に感じてしまう。

律動に合わせて、フランツが胸を揉んできた。

「これ、また少し大きくなった？」

「知らないっ……」

「エリーゼはここがすごく感じるからな」

「あ、ああっ……！」

胸の先端をきゅっと摘まれながら、ぐちゅんっと、下から強く押し込まれるとダメだった。

恥ずかしいくらい蜜が溢れて、太股を濡らす。

なおも強く突き込まれて、わたしは喘ぎながら、身体を仰《の》け反《ぞ》らせた。

「フランツッ！」

「おっと」

フランツが背中を支えながら、ベッドの上に寝かせてくれた。

不安定な姿勢から、やっと落ち着いて安心する。

「すまない。まだ、止まれない」

「うん、いいの、いいっ……」

強く突き上げられ、奥の方を掻きまぜられた。

「あっ……ああっ」

自分だと、あまり速く動けなくて満たされなかったものが満たされる。

受け入れたフランツが中で膨らんでいっぱいになって、それで内壁全体を擦られると、快感が迸るように身体全体に広がった。

脚をさらに大きく広げて抱え上げられたわたしは、そのままフランツの背中に脚を絡めた。

ひどい格好だけど、でも、怖いくらいに気持ちいい。

「んっ……ダメ、そこ……は」

「ああ、ここが悦いんだったな」

ふっと笑われて、感じる場所をぐりぐりと抉《えぐ》られる。

「あああっ、わたしっもう……」

「くっ……締まる」

目の前がチカチカするくらいの快感に、中が締まって細かく痙攣《けいれん》するのが自分でもわかった。

フランツが腰を振って、わたしの中で達する。

びくびくと、中のものが震えて、わたしもまたひどく感じた。

「はあ……」

そのまま折り重なって、余韻を味わう。

「愛してるよ……」

聞き慣れたささやきさえ、至上の音楽に聞こえた。


「そういえば、あれからアルトゥールが落ち込んで、王位を俺に譲ってしまいたいと言ってきたので、離婚されるから嫌だと拒否しておいた」

そのまま、うとうとと眠ったり、じゃれあいながら夜を過ごしていたとき、フランツが思い出したようにそう言った。

離婚って……確かにそう言ったけど！

「それじゃわたしが、すごく怖い妻みたいじゃない」

わたしは唇を尖らせる。

もう悪役令嬢はやめたのに！

「そうではなく、俺が愛妻家で、妻を溺愛しているだけだろう」

フランツは涼しい顔で言う。

「君とどこにでも行くために、王冠など重荷なだけだ」

「……嬉しい」

どう答えたらいいかわからなくて、そうつぶやいた。

自分から腕を伸ばしてフランツを引き寄せキスをする。

「ハーゲンと戦になるのはいやだけど、嫌がらせを受けたから仕返しはしたい」

ふと思いついて言うと、フランツは面白そうに唇を吊り上げた。

「そうだな。やり直しの新婚旅行代わりにあそこに行くのもいいいな」

「緊張関係にあるのに？」

「今、派手に戦うメリットはお互いにないさ」

彼はどこまでも自信家だ。

全く知らないけど、ハーゲンの王太子もこんな感じの性格なんじゃないかと思う。

危ないことはしてほしくないけど。いつか衝突しなければならないなら、こっちから行くのもありかもしれない。

この先もいろいろなことがあるだろうけれど、この人と一緒なら怖くない。

わたしは改めてそう確認して、彼にささやいた。

「二人なら世界を掴むのもいいわよね」

フランツは眉を上げた。

「それだと余計、重荷にならないか？」

「そうならない道を探すのよ」

わたしは、微笑んだ。

「あなたと一緒ならなんだってできそうな気がするわ」

エピローグ　正ヒロインは発展途上

「兄上に、王位なんて継いだら離婚されるから嫌だと拒絶されてしまった……」

アルトゥールが、いつになく落ち込んでいる。

澄んだ碧の目が、今日はちょっと沈んでいて、わたしは笑ってよしよしと彼を慰めた。

「それはそうなるよ。国王陛下や王妃様の了解も取ってないんだし」

「だが、エリーゼに関して、完全に彼女の人柄を見誤っていた。こんな私ではとても王にふさわしいとは……」

「んーでも言ってたじゃないか。エリーゼはわざと悪役令嬢役をやっていたって」

なんでそんなややこしいことをするのか、今ひとつ説明されても理解できなかったけど。

アルトゥールと円満に婚約破棄したかったからだ。最初から彼のことはなんとも思っていないとすごい勢いで力説された。

わたしに気を遣っているんじゃ？　と最初は疑ったけど、彼女はフランツ殿下と一緒で本当に幸せそうだし。確かにアルトゥールとエリーゼ双方を見ていると、あんまり合わないような気がするので気にしないことにした。

「悪役令嬢ってなんなんだ……そもそもそんなふりをする必要がいったいどこに……？」

アルトゥールがぶつぶつと自分と似たようなことを言っているので笑ってしまう。

ほらね。

やっぱりこの人にはわたしがいいの。

大好きな人に対して、胸を張ってそう思えることが、何よりも嬉しい。

いろいろあったけど、大事な友人のエリーゼが、彼女の好きな人と一緒に居られることも嬉しかった。

「そもそも国王陛下もまだまだお元気だし、これから人を見る目とか、広い視野とかは焦らずに養っていけばいいと思う」

エリーゼの受け売りだけど。

わたしは長椅子に座っている彼の横に腰掛け、うつむいている彼に横からそっと抱きついた。

「レオナ……」

彼が姿勢を直して、わたしを抱きしめてくる。

「わたしとあなた、一緒ならきっと大丈夫」

いつまでもあの二人に負けているつもりはない。

今日より明日、明日より明後日には成長して見せよう。

わたしは彼の温かい胸の中でうっとりしながら、強くそう決意した。

あとがき

はじめまして。またはこんにちは。水嶋凜です。

蜜猫ノベルスでは三作目になる、『清楚系悪役令嬢は断罪されてもただでは起きない 元婚約者の兄に溺愛されてます』を手に取っていただき、誠にありがとうございました。

乙女ゲームの転生物に異世界転移と続けて書いてたのに、そういえば悪役令嬢はまだだな、でも今更かしらとぐるぐる考えていたらこんな感じになりました。

悪役令嬢でたまに疑問なのは、悪役令嬢を振る立場の王子様（ゲームではそうなのに悪役令嬢を溺愛するパターンも多いです）が、あまりにもヒーローっぽくないものがあることでした。

なんというか、すぐに浮気するとか、すぐに切れて怒鳴り散らすとか……。

こんなのがメインヒーローのゲームでは、売れないのでは？

そう思って一生懸命考えたのが、アルトゥール様です。

いかにもメインヒーローっぽい、きらきらしい名前で、誤解から悪役令嬢とは婚約破棄には至るものの、正義を愛して自分の間違いは認める真っ直ぐ前向きな正当派ヒーロー……のつもりでしたが、やっぱり影が薄くなっちゃいましたね。悪い人ではないのですが。

彼にふさわしい場では、きっとすごく格好よいのだと思います。

ゲームヒロインのレオナと、仲良く成長してほしい。

レオナは〝令和ならぬ昭和のヒロイン〟というフレーズが妙に気に入って書いてました。さすがにそれは……くらいの鈍感天然キャラのイメージです。

この話はいつもながら、担当編集者のSさんに物凄くお世話になりました。「清楚系悪役令嬢というものを書きたい」という漠然とした構想しかなく、さんざん手を焼かせたと思います。これが形になったのはSさんのお陰です。ありがとうございました。

いつも迷惑をかけてますが、見捨てないでください。

そしてイラストのことね壱花様。清楚系……のフレーズを思いついたとき、これはことねさんのイラストしかないと思っていました。締切をぶっちぎってしまったにもかかわらず、これ以上ないエリーゼとフランツをありがとうございました。

フランツは最初はなかなかイメージが固まらず苦労させられたのですが、ことねさんのキャララフをいただいた途端、ぴたんとパズルが嵌まった気がしたのはよい思い出です。

もちろん、エリーゼも可愛くてキレイ。ラフで見ただけですが、カジノのシーンがめっちゃお気に入りです。

そんな感じで。

少しでも楽しんでいただけましたら幸いです。

水嶋凜

Mitsuneko Novels

蜜猫 novels をお買い上げいただきありがとうございます。
この作品を読んでのご意見・ご感想をお聞かせください。
あて先は下記の通りです。

〒102-0075　東京都千代田区三番町 8 番地 1　三番町東急ビル 6F
(株)竹書房　蜜猫 novels 編集部
水嶋凛先生 / ことね壱花先生

清楚系悪役令嬢は断罪されても ただでは起きない　元婚約者の兄に溺愛されてます

2021 年 9 月 17 日　初版第 1 刷発行

著　者　水嶋凛　©MIZUSHIMA Rin 2021
発行者　後藤明信
発行所　株式会社竹書房
〒102-0075 東京都千代田区三番町 8 番地 1
三番町東急ビル 6F
email : info@takeshobo.co.jp
デザイン　antenna
印刷所　中央精版印刷株式会社